ニュース《にゅーす》

年《ねん》に　いちど　かいさいされる　ベストカップルコンテスト《べすとかっぷるこんてすと》。
ことしも、だんとつ 1いで、アーサー王《あーさーおう》と　エルゼ女王《えるぜじょおう》に　けってい!!

おふたりの　こんごの　ゆめは?　と　きかれて、エルゼ《えるぜ》女王《じょおう》が　しょうげきの　こくはくを　した　ようです。ごらん　ください。
ベスト
ありがとう
ニュースキャスター

アップ《あっぷ》・アップ《あっぷ》・クイズ《くいず》

・しちょうりつ 1.9パーセント《ぱーせんと》。
ばんぐみじたいが
アップアップ《あっぷあっぷ》。

クイズ《くいず》に　せいかい　する　ごとに、かいとうしゃの　ゴンドラ《ごんどら》が　一《いち》だんずつ　あがり、十《じゅう》だんめに　とうたつしたら、一《いっ》せんまん円《えん》の　しょう金《きん》を　もらえる。

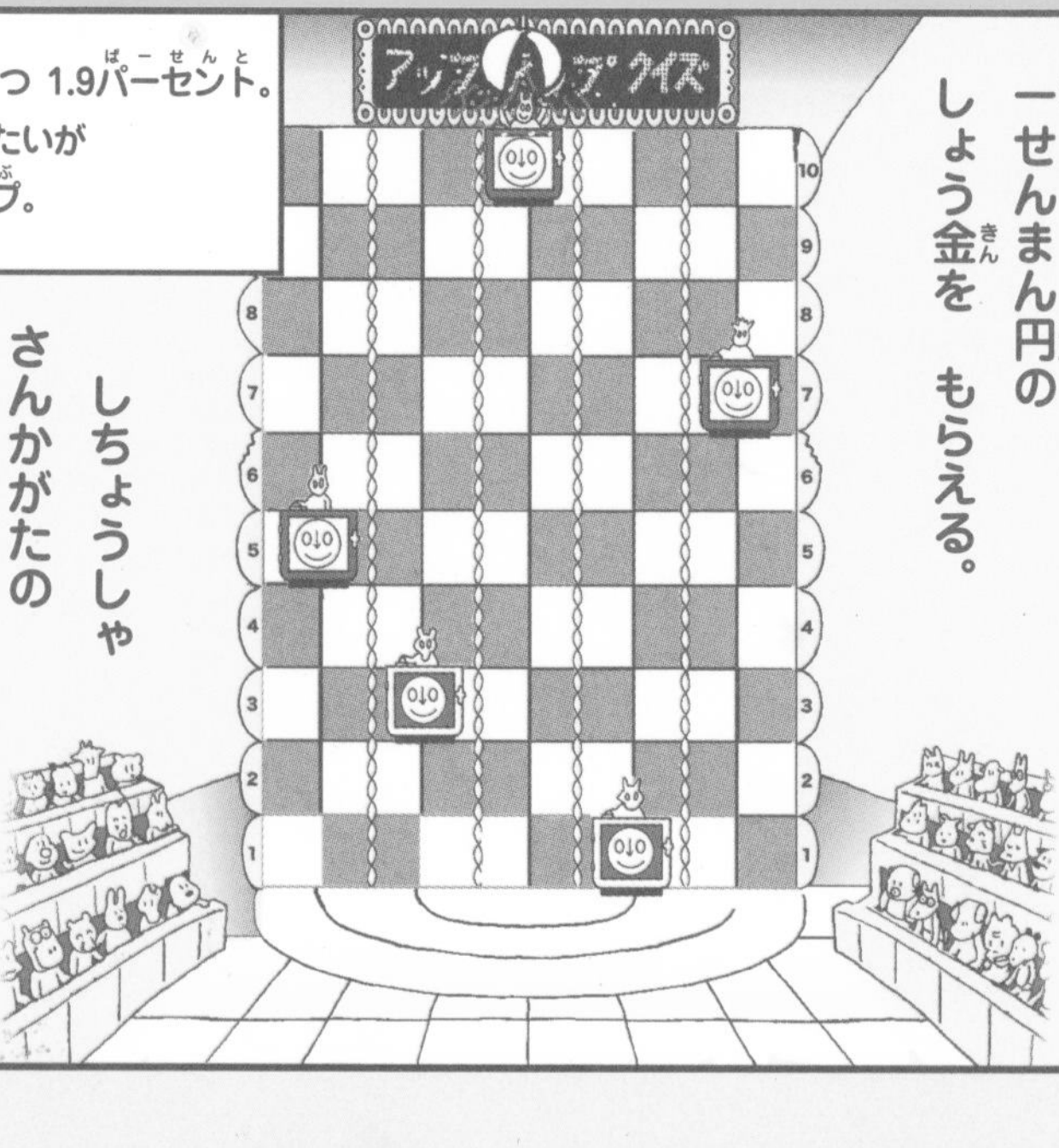

しちょうしゃ　さんかがたの　こうかい　なまほうそうの　クイズ《くいず》ばんぐみ。

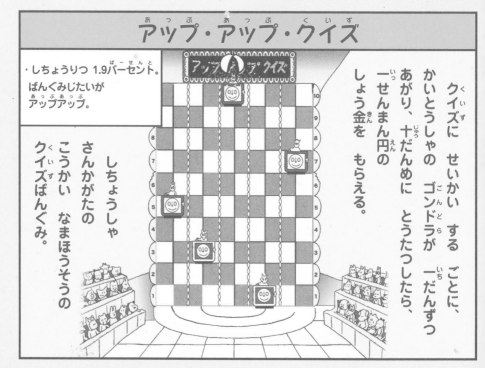

じつは、わたし子《こ》どもの　ころから、じょゆうに　なりたかったの。いまでもあこがれているわ。
へえーっ。はじめてきいたよ、エルゼ《えるぜ》。チャンス《ちゃんす》があれば、かなえてあげたいね。

●おどろきながらも、やさしさを　みせる　アーサー王《あーさーおう》。あいかわらずの　ラブラブ《らぶらぶ》ぶり。おしあわせそうなふたりは、みんなの　あこがれです。

ちぇっ。どの　チャンネル《ちゃんねる》も、しあわせそうなアーサー《あーさー》と　エルゼ《えるぜ》のニュース《にゅーす》ばかりで、うんざりするぜ。
ほんとだな。こんなにテレビ局《てれびきょく》が　いっぱいあるだのに、どこもおんなじだ。

かいけつゾロリのはちゃめちゃテレビ局《きょく》

さく・え 原ゆたか

アーサー《あーさー》の しっぱい ばかりを ながす チャンネル《ちゃんねる》が あっても、いいだよね。
おっ、ノシシ《のしし》、いい こと いった。おれさま、それなら まい日《にち》でも あきずに みるぜ!!

どくしゃの　みなさん、たいへんです。
ごうかな　ベッド《べっど》に　ねころんだ　ゾロリ《ぞろり》が、
大《おお》がた　テレビ《てれび》を　なんだいも　ならべて、
かくテレビ局《てれびきょく》の　ばんぐみを　みています。
とうとう、じぶんの　おしろを　手《て》に
いれたのでしょうか？

ふん、この　一《いっ》しゅうかん、すべての　チャンネル《ちゃんねる》を　みくらべてみたら、この　ペケチャンネル《ぺけちゃんねる》の　ばんぐみが、とびぬけて　つまらないな。
ゾロリ《ぞろり》せんせ、おいしい　ミックス《みっくす》ジュース《じゅーす》と、いれたての　コーヒー《こーひー》だよ。
さいしんの　パン《ぱん》やきで　つくった　パン《ぱん》を、ホットプレート《ほっとぷれーと》で　フレンチトースト《ふれんちとーすと》に　してみただ。

どれも　これも　ふるくさいし、
くふうが　たりないぜ。
ここは、おれさまが　ひとこと、
ガツン《がつん》と　アドバイス《あどばいす》して
やるとするかあー。

ゾロリ《ぞろり》は、
そばに　いる
めしつかいに
けいたいを　かりると、
ペケチャンネル《ぺけちゃんねる》へ
でんわを　かけました。

×《ぺけ》チャンネル《ちゃんねる》

おい、ペケチャンネル《ぺけちゃんねる》かね。おれさま、ゾロリ《ぞろり》と　いう　ものだ。

きみの　ところの　ばんぐみは、ひどすぎるな。まず、ニュース《にゅーす》だが、アーサー《あーさー》の　いい　ところばかりを　きょうちょうしすぎ。あいつは、そこまで　りっぱな　やつじゃ　ないと　おもうぞ。それから、ヒーロー《ひーろー》ものの「オカメンライダー《おかめんらいだー》」ね。

へんしんに　かける　じかんが　みじかーい！

あれじゃ、子《こ》どもの　心《こころ》を　つかめないよ。それに、「アップ・アップ・クイズ《あっぷ・あっぷ・くいず》」　あれも　だめだね。

クイズ《くいず》ばんぐみだからって、クイズ《くいず》　だして　こたえりゃ　いいって　もんじゃ　ないでしょ。もっと　いままでに　ない、インパクト《いんぱくと》が　ほしいぜ。

あー、そうそう、ドラマ《どらま》は　さいあく。ほかの　局《きょく》が　月《げつ》よう　九《く》じの　ドラマ《どらま》を「ゲック・ドラマ《げっく・どらま》」と　ちぢめて　ヒット《ひっと》させたからって、火《か》よう　八《はち》じの　ドラマ《どらま》を「カッパ・ドラマ《かっぱ・どらま》」って　ちぢめるなんて、センス《せんす》わるすぎ。

おれさま、いつ　カッパ《かっぱ》が　でてくるのか、さがしちゃったよ。それにねー。

ペチャクチャ《ぺちゃくちゃ》　ペチャクチャ《ぺちゃくちゃ》って　とこも　ひどいし、ペチャクチャペチャ《ぺちゃくちゃぺちゃ》……。

オラ《おら》たちからも　ひとこと。
てんきよほうは　あたらないし、アニメ《あにめ》も　ちゅうとはんぱで　おもしろく　ないだよ！

ひえーっ　ネコジマディレクター《ねこじまでぃれくたー》、
たすけてくらさーい。
ただでさえ、わが社《しゃ》は　クレーマー《くれーまー》の
でんわが　なりっぱなしだと　いうのに、
ものすごく　たちの　わるい　クレーマー《くれーまー》に
つかまっちゃいました。「ゾロリ《ぞろり》」って　なのって、
もう　かれこれ　二《に》じかん、もんくの　いいっぱなしです。
グスン《ぐすん》。どうやって　きったら　いいのか、
おしえてくださーい。
えっ。
ゾロリ《ぞろり》？
ゾロリ《ぞろり》さんから
でんわだって!!

ネコジマディレクター《ねこじまでぃれくたー》は、あわてて
とんできて　でんわを　かわりました。

もしもし。あっ　ほんとだ。ほんとに
ゾロリ《ぞろり》さんだ。おひさしぶりです。ぼく、
あなたに　でていただいた　ばんぐみ
「大《おお》ぐいせんしゅけん」の　ディレクター《でぃれくたー》です。

そうです。その　「大《おお》ぐいせんしゅけん」の
しちょうりつが、六十パーセント《ろくじっぱーせんと》を　こえた　おかげで、
スポンサー《すぽんさー》が　たくさん　つき、この　ペケチャンネル《ぺけちゃんねる》は
大《おお》きく　はってんしたのです。しかし、そのご、

ヒット作《ひっとさく》が　なく、ひょうばんは　ガタ《がた》おちで、
クレーム《くれーむ》の　たいおうに　大《おお》いそがし。
スポンサー《すぽんさー》も　つぎつぎ　はなれていき、
つぶれるのも　じかんの　もんだいと
いわれています。

いま、どちらに　いらっしゃるんですか?
はい、はい……ぜひ　ゾロリ《ぞろり》さんの
おちえを　おかりして、しちょうりつを
かいふくしたいのです。もういちど、ゆめを
かなえてください。おねがいします。う、う、う。

ディレクター《でぃれくたー》は、なみだ
ながらに　うったえたのです。

・ゾロリが しゅつえんした、その
テレビばんぐみは「かいけつゾロリ
たべるぜ! 大《おお》ぐいせんしゅけん
という 本《ほん》で みられるよ。

はなしおわった　ゾロリ《ぞろり》が、でんわを
めしつかいに　わたしました。

「へえー。おれさまが
『大《おお》ぐいせんしゅけん』に
でたのは、この　テレビ《てれび》局《きょく》
だったのか。ディレクター《でぃれくたー》に
かんしゃされちまったぜ。」
そう　いって、また　テレビ《てれび》を
みはじめた　ゾロリ《ぞろり》に、
めしつかいが

口《くち》を　ひらきました。
「あのー、ここに　おとまりに　なって、
もう　一《いっ》しゅうかん。いろいろ
おためしに　なって、おかいもとめいただける
しょうひんも、そろそろ　おきまりですよね。」
おやおや、よく　みると、ここは　ゾロリ《ぞろり》の
おしろでは　なく、大《おお》がた　でんき店《てん》。そして、この
ひとは、めしつかいでは
なく、店長《てんちょう》さんの　ようですよ。

じつは、一《いっ》しゅうかん
まえの　ことです。

この　でんき店《てん》に　やってきた
ゾロリ《ぞろり》たちは——
やあ、
店長《てんちょう》！　おれさまの
おしろに　ひつような
でんきせいひんを　すべて、
きみの　店《みせ》で　そろえようと
おもうんだがね。そうなると、
クーラー《くーらー》、テレビ《てれび》、せんたくき、
そうじき、れいぞうこなど、
それぞれ　二十《にじゅう》だいは　ひつように
なるわけだ。
ほう
なるほど
ビックリでんき
家電
ゲーム DVD
コンピューター
ビックリでんき

あとに　なって、あっちの
メーカー《めーかー》に　すれば　よかった
なんて、こうかいは　したく
ないだからね。
じーっくり　ためしてから
きめたいだよ。
そこで　そうだんなんだが、
ちょっとの　あいだ、この
でんき店《てん》に　すんでみて、
それぞれの　きのうを
ためせないかと　おもってね。
なんせ、それぞれ　二十《にじゅう》だい、
いや、それいじょう
ひつように　なるかもよ。
かしこまりました。
そう　いう　ことなら、
いま　じゅんびを
いたします。
でんたく
カチャ
カチャ

こんな　おとくいさま、十《じゅう》ねんに　いちど、
あらわれるかどうか　わかりません。
店長《てんちょう》は、こうきゅうベッド《べっど》まで
よういして、じゆうに　おためしを
させてくれていたのです。
しかし、すでに
一《いっ》しゅうかん。
なにも　きめずに
いすわる
三《さん》にんに、
店長《てんちょう》も　もう
がまんの　げんかいでした。
それで　おきゃくさま、
どの　かでんを　二十《にじゅう》だいずつ
ごようい　いたしましょうか。
うーん、
そうねえ。
ほしい　ものは、
だいたい
しぼられて
きたんだけど、
ひとつ
ちょっとした
もんだいが
あってね……。
ビックリ
でんき

「まあ、その　でんき
せいひんを　はこびこむ
しろが、まだ　手《て》に
はいってないって
だけなんだがね。」

な、なんですって。

しょうげきの　こくはくに、
店長《てんちょう》は　あっけに　とられました。
「しろを　手《て》に　いれてから　どれに　するか
まよっていたんじゃ、おそすぎるだからね。」
「ゾロリ《ぞろり》せんせは、だんどりが　いいだよな。」
イシシ《いしし》と　ノシシ《のしし》が　もちあげると、
「そう、おれさまは、けいかくせいが　ある　男《おとこ》なのさ。」
へいぜんと　いいはなつ　ゾロリ《ぞろり》に、店長《てんちょう》は
あきれて　けいびいんを　よびました。

三《さん》にんが　けいびいんに
だきかかえられ、一《いっ》かいの
出口《でぐち》から　ほうりだされようと　した　とき、
キキーッ《ききーっ》。
テレビ局《てれびきょく》の　車《くるま》が　店《みせ》の　まえに
よこづけされ、なかから　ネコジマ《ねこじま》
ディレクター《でぃれくたー》が　とびだしてきて、

「ゾロリ《ぞろり》さん、このままでは　ペケチャンネル《ぺけちゃんねる》が
つぶれてしまいます。アドバイス《あどばいす》だけで
なく、ちょくせつ　わが　局《きょく》に　きて、

ばんぐみづくりに　手《て》を　かしてください。

ひざを　つき、あたまを　さげて　たのみました。
すると、ゾロリ《ぞろり》は　店長《てんちょう》を　ふりかえり、

ふふん、おれさま、大《おお》もの　プロデューサー《ぷろでゅーさー》と
なって、店《みせ》ごと　かいしめに　きてやるぜ。
たのしみに　まってるんだな、ニヒニヒ《にひにひ》。

そう　いいのこすと、
車《くるま》に　のりこんで　はしり
さっていきました。

テレビ局《てれびきょく》に　つくと、
さっそく　ディレクター《でぃれくたー》は、
ゾロリ《ぞろり》たちを　たてものの
なかへ　あんないしました。
このとおり、クレーマー《くれーまー》からの　でんわが　なりやみません。

Xチャンネル
なるほど、どの　スタッフ《すたっふ》も、でんわの
まえで　ペコペコ《ぺこぺこ》と　あたまを　さげ、
くじょうの　たいおうに　おわれています。
この　じょうたいが　つづき、スポンサー《すぽんさー》が　どんどん　へりつづけると、ばんぐみに　お金《かね》も　かけられず、この　テレビ局《てれびきょく》は　つぶれて　しまいます。なんとしても、ゾロリ《ぞろり》さんの　おちからが　ひつようなんです。

「スポンサー《すぽんさー》の　お金《かね》が　あてにならないなら、
あたまを　つかうしかないぜ。ああ、そのまえに、
さっき　この　局《きょく》でも　ながしていた、
アーサー《あーさー》と　エルゼ《えるぜ》の　ニュース《にゅーす》だがね……。」
「はい、これですね。」
ディレクター《でぃれくたー》が　モニター《もにたー》に、
さきほどの　アーサー《あーさー》、エルゼ《えるぜ》の
ツーショット《つーしょっと》を　うつしだすと、
「そうそう、これをだな……。」

ベスト
カップル
ベスト《べすと》 カップル《かっぷる》しょうの
アーサー《あーさー》と エルゼ《えるぜ》が、
かいじょうで 大《おお》げんか!!
「わたし、アーサー《あーさー》の およめさんより、ほんとうは
じょゆうに なりたかったの。」
と、エルゼ《えるぜ》が しょうげきの こくはく。
これに たいして アーサー《あーさー》は、
「ぜったいに ゆるさない！」と、
女《じょ》せいが はたらく ことを ひてい。
アーサー《あーさー》は 女《じょ》せいの てきだ!!
アーサー《あーさー》を ゆるすな!!
こんな コメント《こめんと》を つけて、もういちど テレビ《てれび》で ながしてもらえないかなー。
ゾロリ《ぞろり》さん、テレビ《てれび》局《きょく》が うその ニュース《にゅーす》を ながしたら、しんようを なくして しまいます。かんべんして ください〜。
じゃ、あの うそは、いいと いうだか？
ノシシ《のしし》が、スタジオ《すたじお》で はじまろうと している「てんきよほう」を ゆびさし ました。
あれは よほう ですから、あたら なくても うそには なりませんよ。

「いや、おらは　いつも　しんじて
おでかけするだよ。はれだと
いわれて、かさを　もたず、
ずぶぬれに　なった　くやしさは、
いっしょう　わすれないだ。」
「だな、ノシシ《のしし》。おらたちで、
うその　ない、ぜったい　あたる
てんきよほうってのを　みせるだよ!!」
そう　いうや　いなや、

イシシ《いしし》と　ノシシ《のしし》は　スタジオ《すたじお》に
とびこんでいき、おてんき
おねえさんを　つきとばすと、

きょうの　てんき
イシ《いし》坊《ぼう》・ノシ《のし》坊《ぼう》　ぜったい　あたる　てんきよほう
はーい、きょうの　てんきを
おしらせするだよ。
はれる　ちほうは、きっと
てんきが　いいでしょう。
くもっていても、はれまが
みえはじめたら、てんきは
じょじょに　かいふく
してくるかも。
でも、雨《あめ》が　ふって
しまうと、きっと
てんきが　わるくなるはずです。
ちゅうい　雨《あめ》の すきな ひとに
とっては、雨《あめ》が　ふった　ときが、
いい　てんきに　なってしまう
ことに　なります。いいも
わるいも、こじんさが ありますので、
ごちゅういください。
あわわ

なまほうそうで　てんきよほうを
やりきってしまいました。

×チャンネル《ぺけちゃんねる》
あたたかくなる　ところでは、
きおんが　じょうしょうし、
さむくなる　ところでは、
きっと　きおんが
さがっていくでしょう。
なお、ゆきが　ちらついたら、
あつぎを　して、かぜを
ひかないように　しましょう。
たいふうや　たつまきが
くると、すごい　風《かぜ》が
ふくので、ちゅういしましょう。
きょうの
うんせい
からだの　どこかに　ほくろの
ある　ひとと、けつえきがたに
A《エー》や B《ビー》や O《オー》や H《エイチ》の つく ひと、
かさを　もちあるくと、すきな
ひとに　こくはくされるかも……。
キャッ
ド

イシシ《いしし》と　ノシシ《のしし》が　スタジオ《すたじお》から　もどってくると、
「どうだい、あれこそ　くもひとつ　ない、すみきった
うその　ない　てんきよほうだ。あれなら、まい日《にち》
おなじ　ビデオ《びでお》を　ながしても、だいじょうぶだぜ。」
ゾロリ《ぞろり》は、じしん　たっぷりに　いいました。
「で、でも、ゾロリ《ぞろり》さん、あれじゃ　どんな
てんきなのか、さっぱり　わかりませんよ。」
「どうせ、あてに　ならないんだから、とりあえず
かさを　もって　でようと　おもわせる

ことが、しんせつな
てんきよほうだよ。」
イシシ《いしし》が、むねを
はった　ときです。
「あっ、ちょっと　まて!!」
ゾロリ《ぞろり》が　とつぜん　よびとめたのは、
さつえいを　おえて　ひかえしつへ
もどっていく、スーパーヒーロー《すーぱーひーろー》「オカメン《おかめん》
ライダー《らいだー》」と、かいじん「ヒオトコ《ひおとこ》」です。

「こんかいの『オカメンライダー《おかめんらいだー》』も、いつも
どおりの へんしんシーン《しーん》だったのか？」

「はい、もちろんです。」

「じゃあ、だめだ。すぐに とりなおそう。」

「ええーっ!! もう ぜんぶ とりおえたんです。
これいじょう、よさんも じかんも ありませんよ。」

「だいじょうぶ。ちょいと
へんしんシーン《しーん》を とりなおす
だけさ。」

そう いうと、ゾロリ《ぞろり》は へんしんまえの しゅじんこうを スタジオ《すたじお》に たたせて、へんしんの ふりつけを つぎつぎと かんがえて いきました。

○へんしんグッズは へんしんポーズを きめながら じぶんで みにつけていくよ

1 かおの まえで こうさささせた 手《て》を 左右《さゆう》に ぴんと はり、そこで しばらく ぐるぐる まわす。

2 左《ひだり》うしろななめ上《うえ》に うでを 大《おお》きく 三《さん》かい ふり、からだを ねじる。つぎに はんたいほうこうに くりかえす。

3 足《あし》を ひらき、はずみを つけ、上《じょう》たいを 手《て》が じめんに つくくらい まげ、つぎに そらす。（8かい）

4 うでを ふりながら、足《あし》を まげのばす。（12かい）

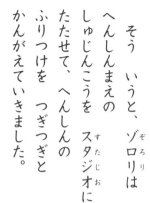

5

右手《みぎて》を　よこから　ふりあげ、
からだを　左《ひだり》に　まげる。からだを　おこし、
はんたいに　おなじ　どうさ。（6かい）

6

手《て》を　上《うえ》に　あげ、2かい　ジャンプ《じゃんぷ》。
よこに　ひろげ、2かい　ジャンプ《じゃんぷ》。下《した》に
おろして　2かい　ジャンプ《じゃんぷ》。

7

ひざを　まげのばしながら、まっすぐ
のばした　りょう手《て》を　かおの　まえで
大《おお》きく　まわす。

8

しゃがんで　小《ちい》さく　まるまり、
きゅうに　足《あし》を　のばして　手《て》を　ひろげ、
ジャーンプ《じゃーんぷ》。（8かい）

9

手《て》を　ひろげたまま、からだを
左右《さゆう》に　しばらく　ゆらす。

10

手《て》を　大《おお》きく　ひろげたまま、大《おお》きく
いきを すい、わきを　しめて　手《て》を
おろし、いきを　はく。（5かい）

かへんしん
かんりょう!!
かへんしんとは、かはんしんのへんしんの ことだ。
じょうへんしんは、
CM《シーエム》の あと。
おたのしみに!
・このようつうベルトをつけるだけでこつばんを サポート。スリムなけんこうボディに!
・ブルブル ふるえておなかのぜいにくをとります。
・ヒップラインがうつくしくみえるパンツ。
・このブーツはぼうすいかこうしてあるのでおふろそうじにさいてき。
・ひえしょうにさいてきあったか くつした。
・あしが ほそくみえる タイツ。
・しかも、このブーツはダイエットブーツ! かかとをのせるところがないから、はいているだけで うんどうりょうが、2ばいのこうかに。
もちろんさ。まだ はんぶんしか、へんしんしていないじゃないか。
えっ。まだ つづくんですか?

11

りょう手《て》を　つかって、Z《ゼット》の
かたちを　からだぜんたいで　えがく。

12

こんどは、Z《ゼット》を
ぎゃくに　たどる。

13

はんぷくよことび（20かい）

14

りょう手《て》を　ひろげ、つまさきを
じくに　ぐるぐる　30びょう　まわる。

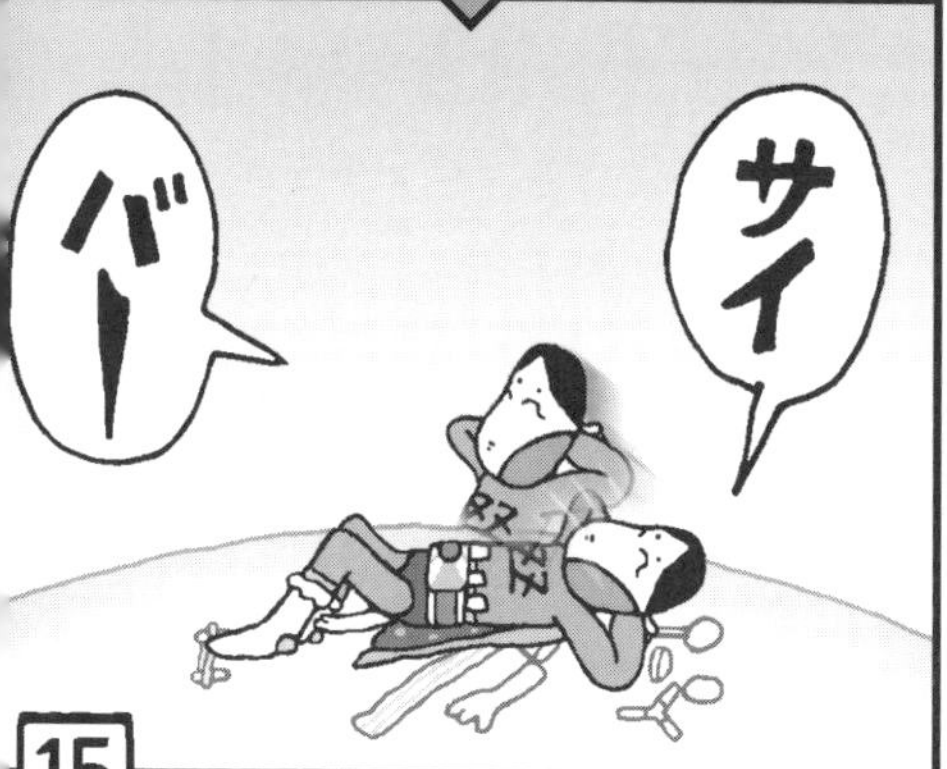

15

その　ばに　ねころんで、ひざを
たて、ふっきん。（20かい）

16

くるりと　からだを　まわし、
うつぶせに　なると、
うでたてふせ。（20かい）

17

その　ばで　しゃがんで、左《ひだり》へ
よこむきに　うさぎとび。（3かい）
はんたいも。（3かい）

18

しゃがんだまま　まえへ
でんぐり　がえり。（6かい）

19

左足《ひだりあし》を　のばし、右足《みぎあし》を　まげ、
くっしん。（5かい）
つぎは、はんたい。（5かい）

20

しゃがんだまま　左右《さゆう》の　うでを
こうごに　つきだしながら、だんだんと
たちあがり……

21

左手《ひだりて》を　こしに　あて、
右手《みぎて》を　左《ひだり》から　右《みぎ》へ
大《おお》きく　ふり、きめポーズ《ぽーず》。

ひみつは これだ!!

オカメンライダーダブルズエーット《おかめんらいだーだぶるずえーっと》!!
・つぼおし ぼう 2しゅるい。
・びようローラー ゲルマニウム プラチナ・チタン せい。
・せんたくきに いれておくだけで いとくずが とれる。
・ちゃこし こうちゃ にほんちゃ ウーロンちゃ を おいしく いただけます。
・かおやせ マスク。
・ぎょうざが ワンタッチで つくれるよ。
・みずにぬらすと すずしくなる エコなマフラー。
・このゴムてぶくろで ごぼうを こすると かわが きれいに むけるよ。
・このマントは あっでなので ひざかけに つかえます。 なんとリバーシブル!
・スライサー 8しゅるいの はを こうかんするだけで スライス・みじんぎり、せんぎりなど、20しゅるいの きりかたが できる! そうちゃくじ、あんぜんストッパーつき。
ほーら、へんしんシーン《しーん》の大《だい》サービス《さーびす》だ。
さらに!

三十《さんじっ》ぷんばんぐみで、タイトル《たいとる》と かいじんに であうまでが、三《さん》ぷん。かいじんを やっつけるシーン《しーん》に 三《さん》ぷん。CM《シーエム》が 四《よん》ぷん。

のこりの 二十《にじっ》ぷんは、すべて子《こ》どもたちの だーいすきなへんしんシーン《しーん》なのさ。

CM	タイトル	かいじんに であう	かへんしん	CM	じょう へんしん	かいじんを やっつける	CM
(1ぷん)	(1ぷん)	(2ふん)	(10ぷん)	(2ふん)	(10ぷん)	(3ぷん)	(1ぷん)

オカメンライダーダブルゼット《おかめんらいだーだぶるぜっと》の

この　へんしんシーン《しーん》は、
ラジオ《らじお》たいそうを　さんこうに
つくったんだ。
だから、「へんしんポーズ《ぽーず》」を
まねしたがる　子《こ》どもたちは、
しらずしらずの　うちに
たいりょくが　つくって　ことさ。
これなら、ママ《まま》たちも
もんくは　あるまい。
それどころか、ほーら、もういちど「へんしん グッズ《ぐっず》」を、よーく　みて　くれたまえ。

ママ《まま》たちが　ほしがる、
べんりな　小《こ》ものとして　つかえるんだ。
これなら、子《こ》どもが　「へんしん
グッズ《ぐっず》」を　おねだりしても、ママ《まま》は
よろこんで　かってくれるはずさ。
そして、この　ばんぐみの　あとに、
テレビショッピング《てれびしょっぴんぐ》で　うりだせば、
とぶように　うれるに　きまってるぜ。
はい、さきほど　ほうそうしたばかりの　オカメンライダーダブル《おかめんらいだーだぶる》ゼット《ぜっと》の　へんしんグッズ《ぐっず》が、ぜーんぶ　そろって、なんと　三《さん》ぜん九《きゅう》ひゃく八十円《はちじゅうえん》。そうりょう、てすうりょうは、すべて「ジャマネット《じゃまねっと》だから」が　ふたんいたします。

「かんがえぬかれたアイディア《あいでぃあ》、おそれいりました。」

ディレクター《でぃれくたー》が　かんしんすると、
イシシ《いしし》と　ノシシ《のしし》も　まけては　いません。

「おらたち、いま、アニメ《あにめ》を　つくっただ。」

「えーっ。アニメ《あにめ》は、じかんも　お金《かね》も　かかるし、
そう　かんたんに　つくれる　わけが　ありませんよ。」

ディレクター《でぃれくたー》が　あきれて　いいました。

「ところが、おらたちには　つくれるだよ。

あとは、声《こえ》を　いれれば　かんせいだ。」

もう かえって いいっすか?

ああ ごくろうさま

どくしゃの みなさんへ

あなたも せいゆうに なれる、とくべつ たいけん きかく スペシャル《すぺしゃる》

①

つぎの ページ《ぺーじ》を あけると、下《した》のように 右《みぎ》がわに アニメ《あにめ》の だいほん、左《ひだり》ページ《ぺーじ》には 一《いち》まいめの アニメ《あにめ》の え、Ⓐが かいて あります。

②

左《ひだり》ページ《ぺーじ》の 左下《ひだりした》を 右手《みぎて》の ひとさしゆびと おやゆびで つまみ、つぎの ページ《ぺーじ》の 左下《ひだりした》を 左手《ひだりて》で おさえて じゅんび かんりょう。

③

アニメ《あにめ》の だいほんの おやじギャグ《ぎゃく》を ひとつ、大《おお》きな 声《こえ》で いった あとに、テンポ《てんぽ》よく、

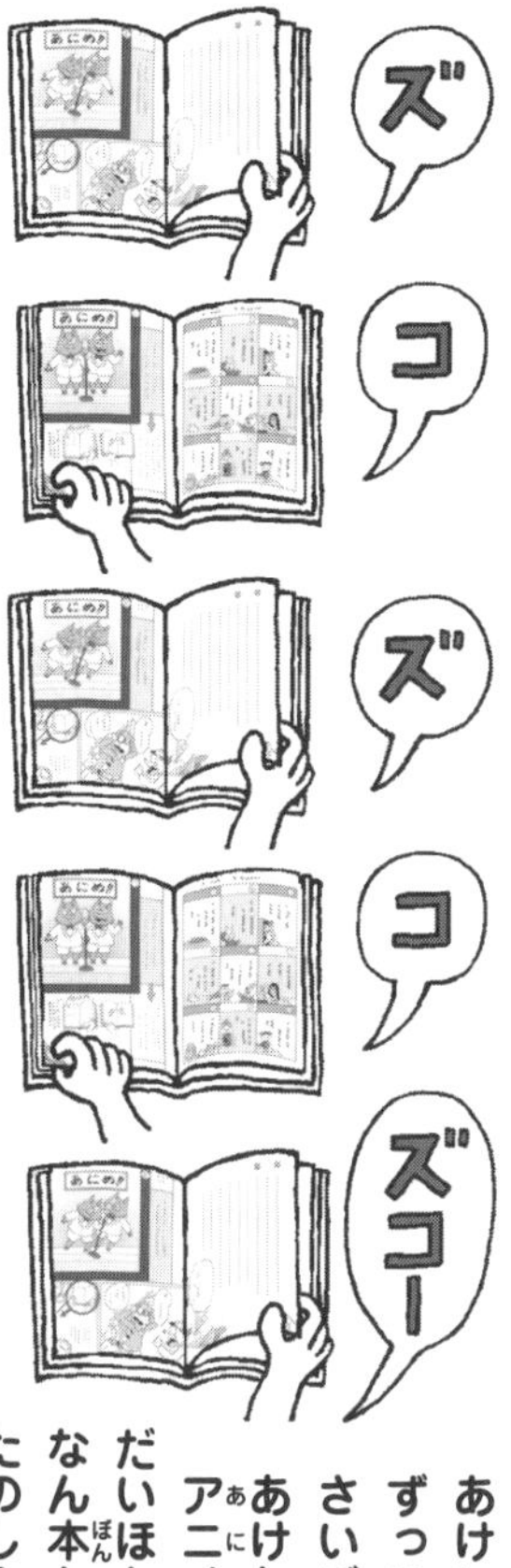

と、ページ《ぺーじ》を あけしめし、ずっこけながら さいご Ⓑの えを あけた ところで とめ、アニメ《あにめ》 しゅうりょう。だいほんを かえて、なん本《ぼん》もの アニメ《あにめ》を たのしみましょう。

● せいゆうさんが アニメ《あにめ》に あわせて 声《こえ》を いれる ことを、アフター《あふたー》レコーディング《れこーでぃんぐ》。りゃくして アフレコ《あふれこ》って いうだよ。どくしゃの みなさん、おらたちの アニメ《あにめ》の せいゆうさんに なってほしいだ。たのむだよ。

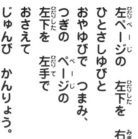

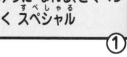

イシシ《いしし》 さく／アニメ《あにめ》よう だいほん

だいほん ①

★ロッカー《ろっかー》に
はいろっかー

（おどおど
しながら）

だいほん ②

★リンス《りんす》が
たりんす

（むっとして）

だいほん ③

★ナレーター《なれーたー》に
なれーたー

（心《こころ》が
はずむ
かんじで）

だいほん ④

★しゅみが なくて
しゅみません

（もうしわけ
なさそうに）

だいほん ⑤

★えんか
うたって
もらえんか

（えらそうに）

だいほん ⑥

★この タイヤ《たいや》は
おもたいや

（つらそうに）

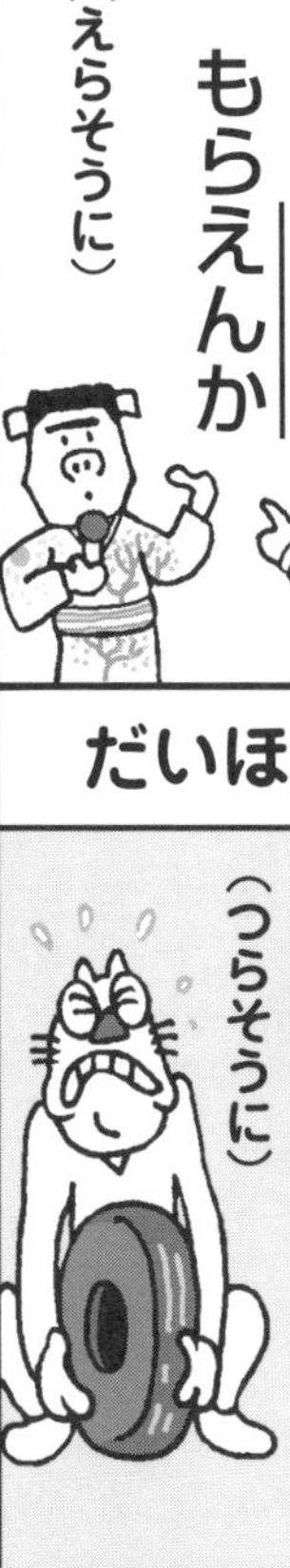

だいほん ⑦

★この ステーキ《すてーき》
とっても
すてーき!!

（うれしそうに）

だいほん ⑧

★しょうがは
そこに あるで
しょうが!

（すこし
おこっているように）

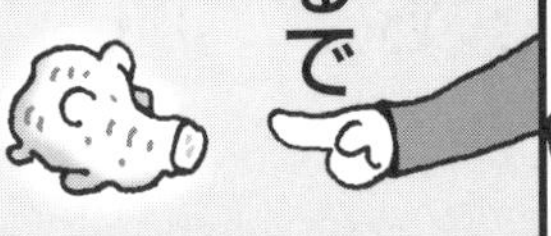

だいほん ⑨

★ナメタケ《なめたけ》
なめたっけ?

（おどけて）

A
あにめ!!

●まず、右《みぎ》ページ《ぺーじ》①の おやじギャグ《ぎゃぐ》を
大《おお》きな 声《こえ》で いった あと、

●ズコズコズコーッ《ずこずこずこーっ》と
いいながら、この ページ《ぺーじ》を
左《ひだり》の えのように
あけたり しめたりすると…

パタパタパタ
ここの イシシと
ノシシが うごいて
みえませんか?

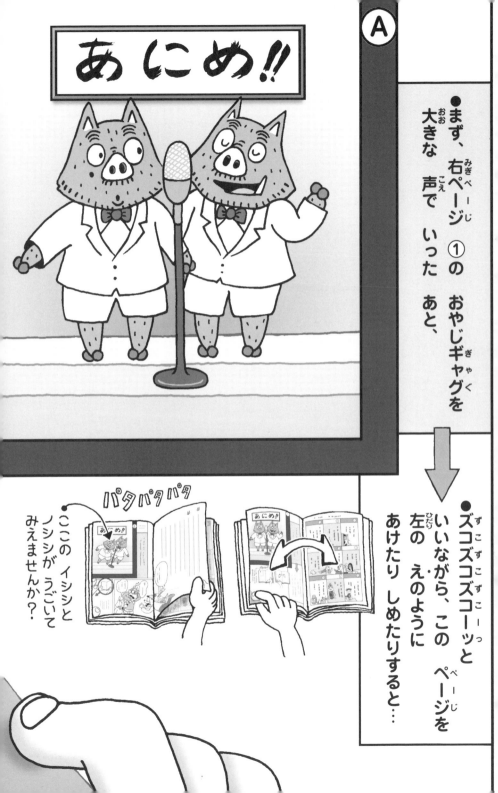

「どうだか？　まるで　目《め》の　まえに、ボケ《ぼけ》と
ツッコミ《つっこみ》の　まんざいしが　いるようだ。」

「おなじように、②から　⑨の　おやじギャグ《ぎゃぐ》を
よんでは、ズコズコズコーッ《ずこずこずこーっ》と
なんどでも　ずっこけてほしいだよ。」
さらに、あたらしい　おやじギャグ《ぎゃぐ》を
かんがえていけば、えいえんに　アニメ《あにめ》
ばんぐみを　つづけて
いけると　いう　わけです。

あのー、ディレクター《でぃれくたー》、そろそろ　こうかい　なまばんぐみの　じゅんびを……。

右手《みぎて》の　おやゆび

あにめ!!
B この アニメ《あにめ》の せんでん もんくは、
●じだいへの ぎゃっこう
●うごかない アニメ《あにめ》への ちょうせん!!
あっ、そうだった。
ん? なにが はじまるんだ?
・左手《ひだりて》で 上《うえ》の え・のように、この ページ《ぺーじ》の 左下《ひだりした》を おさえておくと、やりやすいよ。

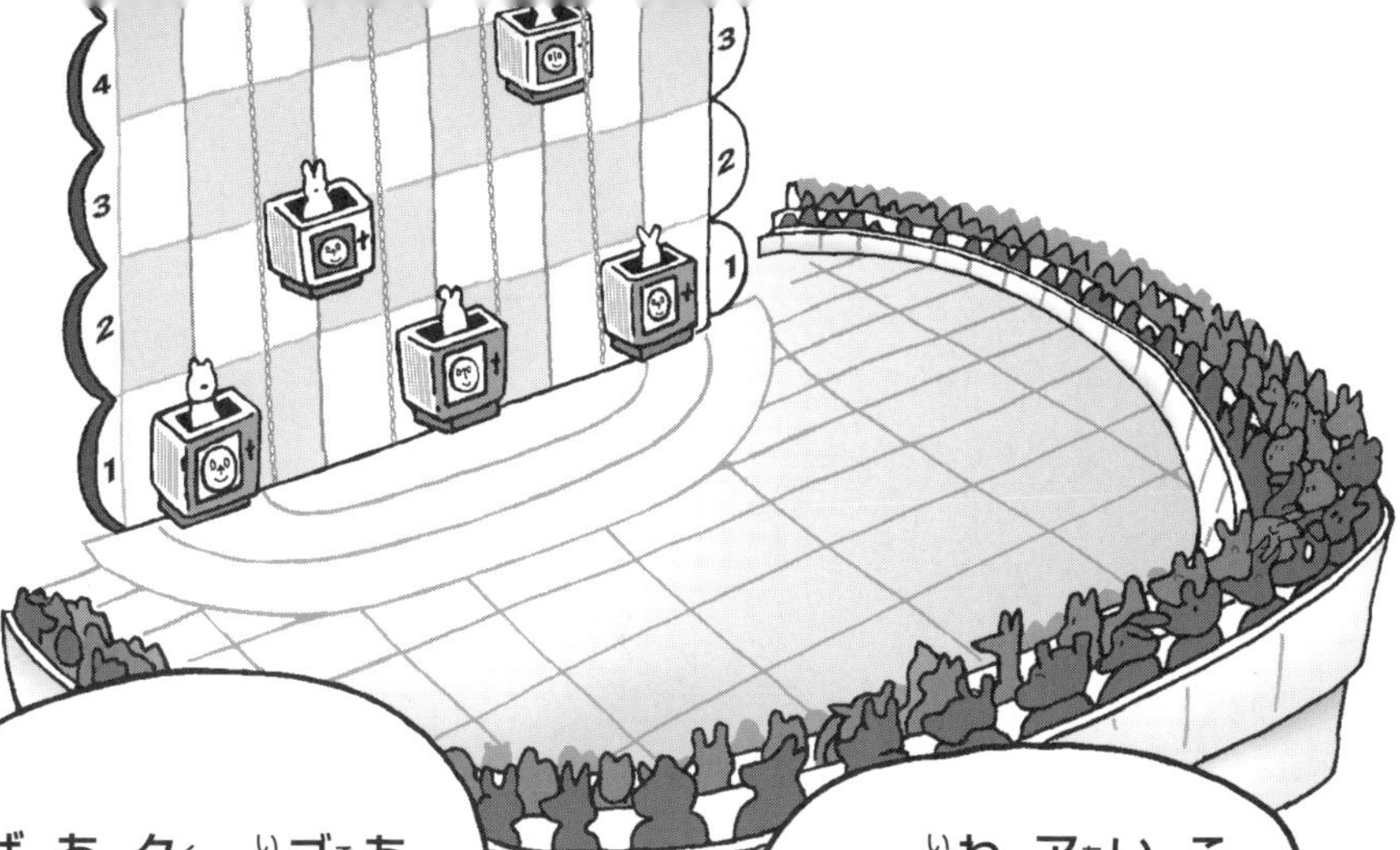

これから、おきゃくさん　ひゃくにん
いれた　大《おお》きな　スタジオ《すたじお》で、「アップ《あっぷ》・
アップ《あっぷ》・クイズ《くいず》」の　ほうそうが　あるのを
わすれていました。もう、じゅんびに
一《いち》じかんしか　かけられません。
いそがなくちゃ。

ディレクター《でぃれくたー》は　大《おお》あわてです。

ああ、あの　クイズ《くいず》に　せいかいするごとに
ゴンドラ《ごんどら》が　一《いち》だんずつ　あがって、十《じゅう》だんめで
一《いっ》せんまん円《えん》　もらえるって、ふるくさい
クイズ《くいず》ばんぐみだろ。おれさまなら、一《いち》じかんも
あれば、だれも　みた　ことの　ない　クイズ《くいず》
ばんぐみに　へんしんさせてみせるぜ。

ゾロリ《ぞろり》が　ていあんすると、
ディレクター《でぃれくたー》は　うれしそうに　いいました。
「えっ、そんな　きせきが　おこせますか？」
「もちろんさ。おい、イシシ《いしし》、ノシシ《のしし》、おれさまが
ちょいと　でかけてくる　あいだに、クイズ《くいず》の
セット《せっと》を　ぶきみに　よごしておいてくれ。」
「はいだー。ゾロリ《ぞろり》せんせー。」
元気《げんき》よく　へんじを　した
イシシ《いしし》と　ノシシ《のしし》は——

セット《せっと》に　ペンキ《ぺんき》を　ぬったり、
トンカチ《とんかち》で　ひびを　いれたり、

・かれた　きのえだや　つたを　てんじょうから つるす。
・セットに　ひびをいれたり　あなをあけたり。
・うしろのパネルに　ペンキで みんなの　いやがる ものを　かいたり よごしたり　した。
・ゴムせいの　むしをたくさん　はりつけた。
・コンブや　ワカメを　はりつけて　ヌルヌル　ベタベタに。

どろを　つけたり、ごみばこの
ごみまで　ばらまいて
いきます。

・ごみばこを ひっくりかえして ゆかを よごした。
・ゴムせいの ヘビ。
だ、だいじょうぶ かなあ……。
どんどん あれはてて いく セット《せっと》を 目《め》に して、ディレクター《でぃれくたー》が すこし ふあんに なってきたころ、ゾロリ《ぞろり》が もどって きて いいました。
きかいが こわれ ない ていどに ひびをいれただよ
おおどうぐや こどうぐで つかえそうな きもちのわるいものも かりてきただよ
よし、いい かんじに なったな。それでは おつれした ゲスト《げすと》の とうじょうだ!!

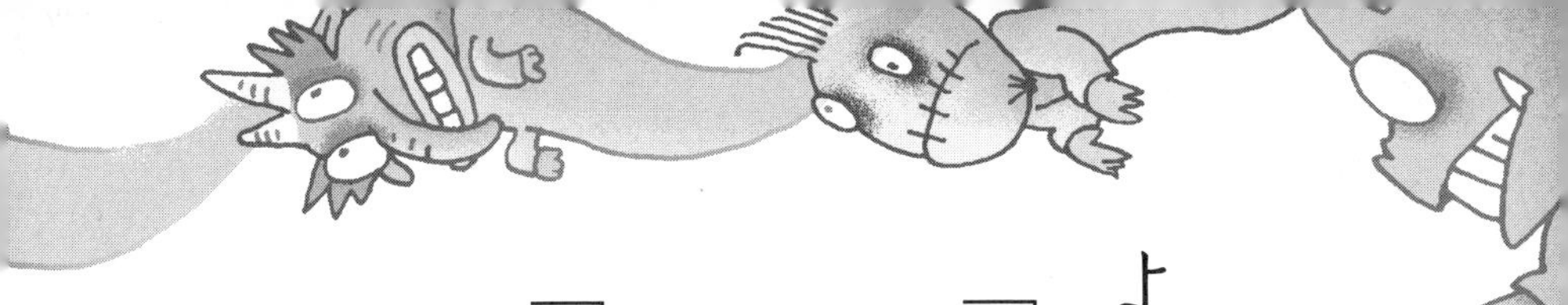

青白《あおじろ》い　ゆうれいの　しゅうだんを　ひきつれた、
ようかい学校《がっこう》の　先生《せんせい》が　はいってきたのです。
「ゾロリ《ぞろり》せんせに　たのまれ、はいごれいの
みなさんに　あつまってもらいました。」
すると、ゾロリ《ぞろり》が　いいました。
「とつぜんですが、『アップ《あっぷ》・アップ《あっぷ》・クイズ《くいず》』は、
きょうから『ダウン《だうん》・ダウン《だうん》・クイズ《くいず》』として
うまれかわります。では、ルール《るーる》を
ごせつめいしましょう。」

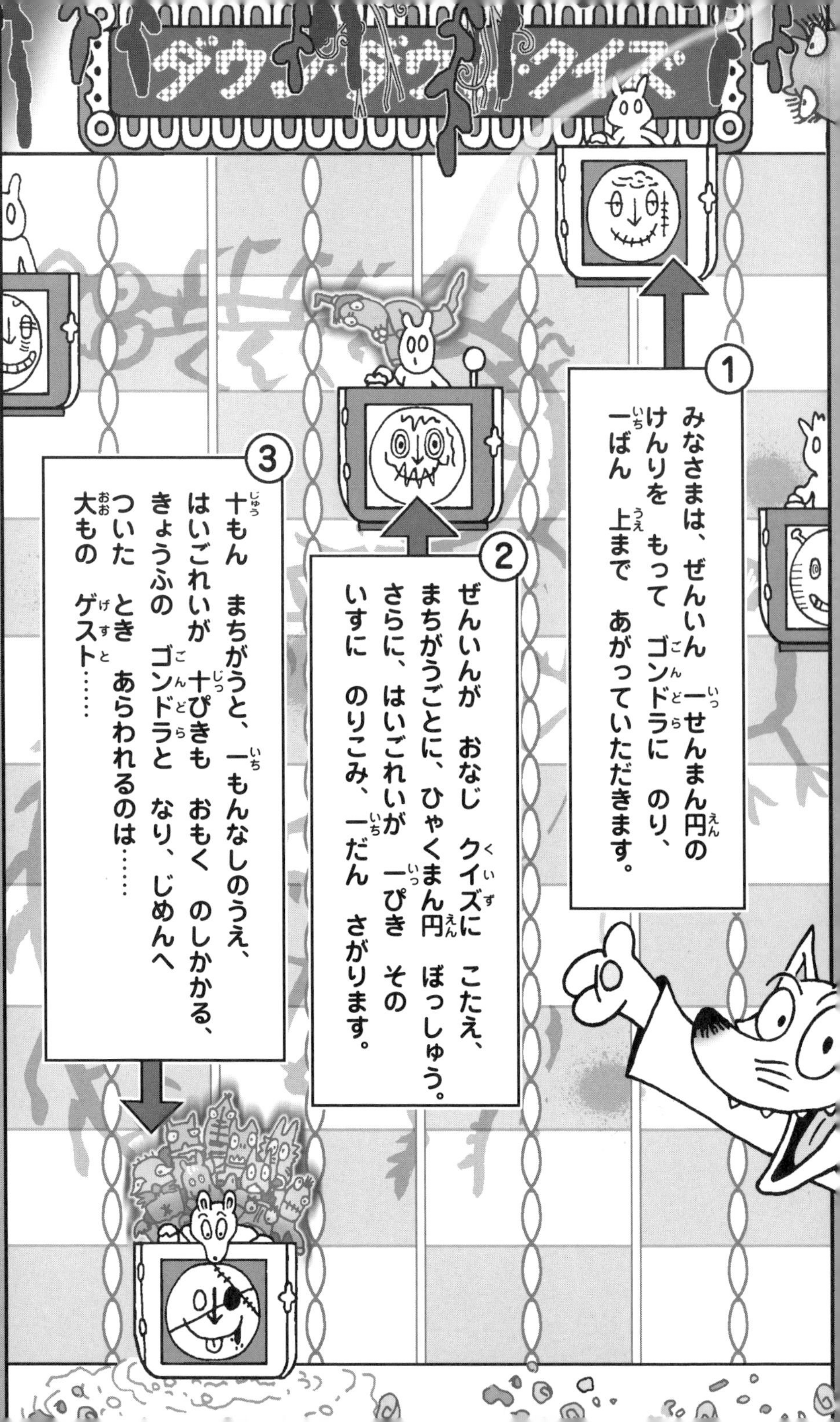
ダウン・ダウン・クイズ
1
みなさまは、ぜんいん　一《いっ》せんまん円《えん》の
けんりを　もって　ゴンドラ《ごんどら》に　のり、
一《いち》ばん　上《うえ》まで　あがっていただきます。
2
ぜんいんが　おなじ　クイズ《くいず》に　こたえ、
まちがうごとに、ひゃくまん円《えん》　ぼっしゅう。
さらに、はいごれいが　一《いっ》ぴき　その
いすに　のりこみ、一《いち》だん　さがります。
3
十《じゅう》もん　まちがうと、一《いち》もんなしのうえ、
はいごれいが　十《じっ》ぴきも　おもく　のしかかる、
きょうふの　ゴンドラ《ごんどら》と　なり、じめんへ
ついた　とき　あらわれるのは……
大《おお》もの　ゲスト《げすと》……

えんま大王《だいおう》です。

●えんま大王《だいおう》は、ゾロリの
しりあいなのです。どこでであったのかは
かいけつゾロリの
「てんごくと じごく」「じごくりょこう」
「たべられる!!」を
よんでみてね

ゴンドラ《ごんどら》は、そのまま　えんま大王《だいおう》の
口《くち》の　なかへ　のみこまれていきます。
クイズ《くいず》なので、じごくに　つれて
いかれる　ことは　ありませんから、
ごあんしんください。ただし、えんま
大王《だいおう》の　口《くち》から　はいったのですから、
おかえりは　下《した》の　口《くち》から、すなわち
えんまの　う○ちとして　たいじょう
していただきます。クイズ《くいず》しじょう、
さいあくの　ばつゲーム《げーむ》です。
さあ、きょうふと　スリル《すりる》の　うずまく、
あたらしい　バラエティー《ばらえてぃー》　クイズ《くいず》
ばんぐみの
たんじょうです。

ゾロリ《ぞろり》が　とくいげに
せつめい　しおわった　ときには、
ゴンドラ《ごんどら》から　かいとうしゃの
すがたは　きえていました。
ぜんいん、おそれを　なして
かえってしまったのです。
これでは　ばんぐみに　なりません。
ディレクター《でぃれくたー》が、あたまを
かかえた　ときです――。

ドバーン
ディレクター《でぃれくたー》はどこだあ。
ひえーっ。ゾ《ぞ》、ゾロリ《ぞろり》さん、どうしましょう。

スタジオ《すたじお》の　ドア《どあ》を
けやぶり、クレーマー《くれーまー》ぐんだんが
なだれこんできたのです。
でんわだけでは　がまん
できず、ちょくせつ
ディレクター《でぃれくたー》に
クレーム《くれーむ》を　いいたく
なったのでしょう。

ディレクター《でぃれくたー》が　なきそうな
かおを　しても、ゾロリ《ぞろり》は　あわてず
さわがず、こう　いったのです。
「おまちしておりました。みなさまの
ありがたい　アドバイス《あどばいす》、じっくり
おききして、ばんぐみづくりの
さんこうに　させていただきます。
どうぞ、そちらの　せきに
おすわりください。」

あんないされて、
五《ご》にんのクレーマー《くれーまー》が
すわったのは、クイズ《くいず》の
かいとうしゃせきでした。

ゴンドラ《ごんどら》が
スポットライト《すぽっとらいと》を　あびて
あがりだし、

いちばん　上《うえ》に　つくと、
ゾロリ《ぞろり》は　いいました。

みなさま、
ながらく　おまたせしました。
しんばんぐみの　スタート《すたーと》です。
わが　テレビ《てれび》局《きょく》に　たいする
クレーム《くれーむ》を、いいたいほうだい
ぶつけていただきます。その　なかから、
さいきょうの　クレーマー《くれーまー》を　えらび、
しょう金《きん》　一《いっ》せんまん円《えん》を　プレゼント《ぷれぜんと》
しようと　いうのです。その　さいきょう
クレーマー《くれーまー》を　きめるのは——

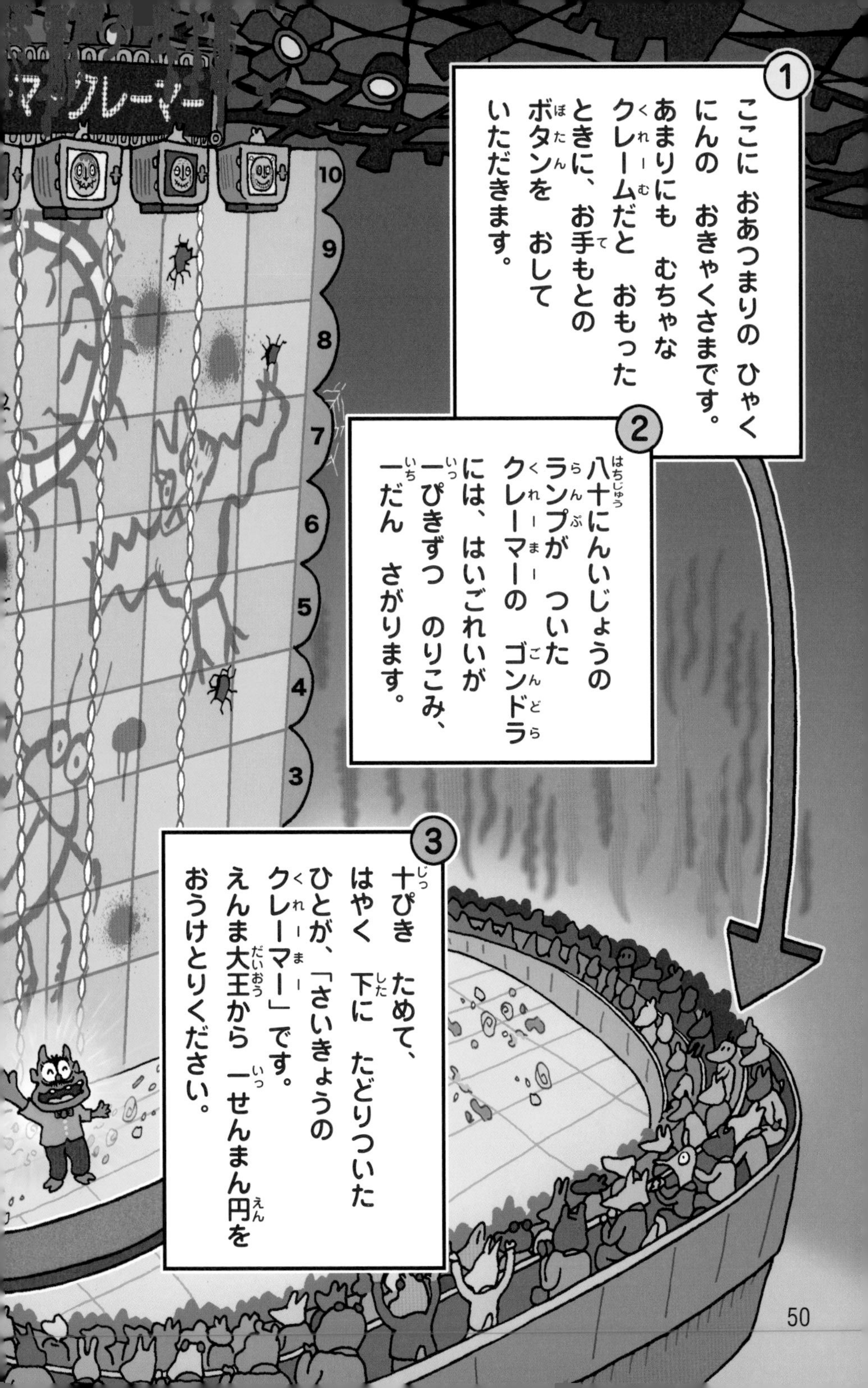

ここに おあつまりの ひゃくにんの おきゃくさまです。あまりにも むちゃな クレーム《くれーむ》だと おもった ときに、お手《て》もとの ボタン《ぼたん》を おして いただきます。

八十《はちじゅう》にんいじょうの ランプ《らんぷ》が ついた クレーマー《くれーまー》の ゴンドラ《ごんどら》には、はいごれいが 一《いっ》ぴきずつ のりこみ、一《いち》だん さがります。

十《じっ》ぴき ためて、はやく 下《した》に たどりついた ひとが、「さいきょうの クレーマー《くれーまー》」です。えんま大王《だいおう》から 一《いっ》せんまん円《えん》を おうけとりください。

さあ!! さいきょう クレーマー《くれーまー》を
さがす、『クレーマークレーマー《くれーまーくれーまー》』の
はじまりでーす。
バサ
バサ
1せんまんえん

しかいを まかされた ようかい
学校《がっこう》の 先生《せんせい》が さけぶと、きゃくせきから
大《おお》きな はくしゅが わきおこりました。
ゾロリ《ぞろり》は やくめを おえると、さっさと
ぶたいの うらへ ひっこんで いきました。
あわてたのは ディレクター《でぃれくたー》です。

やった
やった〜
ゾロリせんせ
さすが〜

「こ、こまります　ゾロリ《ぞろり》さん。」
ディレクター《でぃれくたー》が　おいかけて
きて、いいました。
「どうしてだか？　ばんぐみも　ぶじ　はじまった
だし、クレーマー《くれーまー》も　うまく　りようできただよ。」
イシシ《いしし》が　いうと、
「とんでもない。これを　みた、
さらに　きょうりょくな
クレーマー《くれーまー》が、きっと　まいしゅう　おしよせて

きて、一《いっ》せんまん円《えん》を
つぎつぎ　さらって
いくに　きまってます。
いますぐ　ちゅうしして、『アップ《あっぷ》・
アップ《あっぷ》・クイズ《くいず》』に　もどしてください。」
「なーに、だいじょうぶ。クレーマー《くれーまー》は、一《いっ》せんまん円《えん》
うけとらずに　かえるはずさ。なにしろ、あの
おそろしい　えんま大王《だいおう》に　でかい　かおを
ちかづけられて、こう　いわれるんだからな——。

おめでとう。この
一《いっ》せんまん円《えん》は、あなたの
ものです。しかし、
これは あなたが クレーム《くれーむ》を
つけた ばんぐみを、
りそうの ばんぐみに
つくりかえていただく
ためだけの しょう金《きん》
です。ほかの
ことに つかうのは、
ゆるされませんよ。
どうされますかあ？

ってね。さくひんに
もんくを つけるのは
かんたんだが、いざ
ばんぐみを つくるとなれば
おじけづき、しょう金《きん》を
おいて かえってしまうさ。」

ゾロリ《ぞろり》は、じしん
まんまんです。

どうか、えんまさん、ゾロリ《ぞろり》さんが
いうように、さいきょうの　クレーマー《くれーまー》が
おりてきたら、しっかり　びびらして、
かならず　おいかえしてくださいよ。

ディレクター《でぃれくたー》が　セット《せっと》の　下《した》の
えんま大王《だいおう》に　手《て》を　あわせて　おがんでいると、
ドラマ《どらま》の　アシスタント《あしすたんと》・ディレクター《でぃれくたー》が、
まっさおな　かおで　とびこんできました。
またもや　もんだい
はっせいです。

あ、あのー、
た、たいへんですう。

あまりの　しちょうりつの　わるさに、スポンサー《すぽんさー》が
カッパ・ドラマ《かっぱどらま》「おもいでばし」を、きょうの　ほうそうで
おわらせろと　いってきたのです。
もちろん、よういしてある　ドラマ《どらま》は、
さいしゅうかいでは　ありません。
そんな　ことを　とつぜん　いわれても、
むりに　きまっています。
スタッフ《すたっふ》は　どうしていいか
わからず、おろおろ　するばかり。

「この　ドラマ《どらま》は、　はなしの　さきが
すぐ　わかるから　つまらなかったのさ。
おれさまなら、だれも　かんがえつかない、
あっと　おどろく　さいしゅうかいを
よういして　ごらんに　いれるぜ。
どうだい、　まかせてみるか？」
ゾロリ《ぞろり》が　いうと、　スタッフ《すたっふ》は
ぜんいん　すがる　おもいで
うなずきました。

しゅやくの　ふたりが、おれさま　ゾロリ《ぞろり》と
エルゼ《えるぜ》女王《じょおう》に　こうたいするぜ!!

ええーっ。しゅやくが　とつぜん　かわったら、
ドラマ《どらま》が　つながりませんよ。

しんぱいするな。おれさまが、うまく　だいほんを
かきなおす。その　あいだに、エルゼ《えるぜ》女王《じょおう》に
じょゆうとして　ドラマ《どらま》に　でてほしいと、たのみに
いってきてくれたまえ。あこがれていた　しごとだ。
ひきうけては　くれるだろうが、ねんのため、
かならず　けいやくしょに　サイン《さいん》は
もらっておいてくれよ。

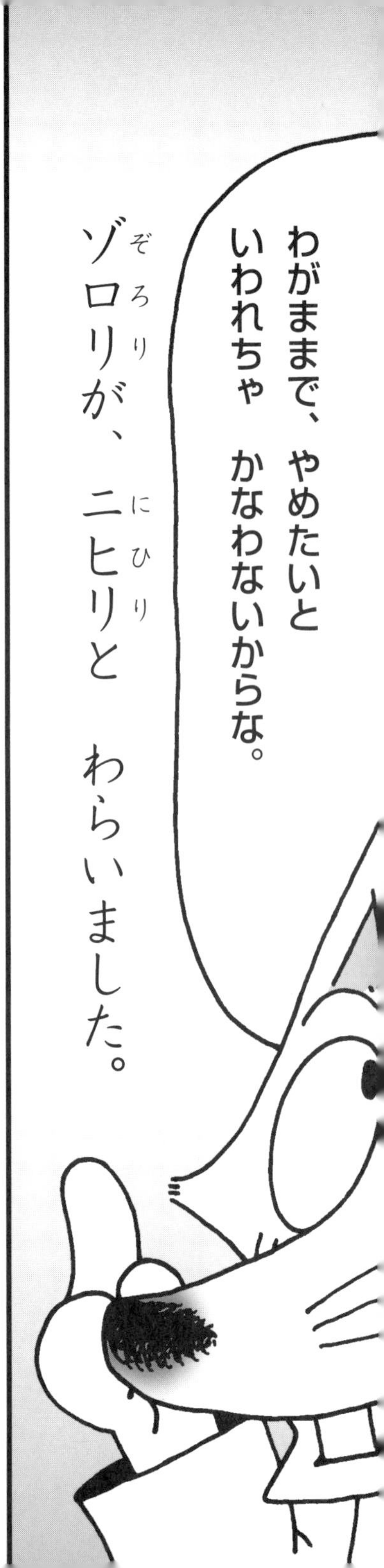
わがままで、やめたいと いわれちゃ かなわないからな。

ゾロリ《ぞろり》が、ニヒリ《にひり》と わらいました。

スタッフ《すたっふ》は、すぐに アーサー《あーさー》の しろへ とんでいきました。

エルゼ《えるぜ》さま、どうか カッパ《かっぱ》・ドラマ《どらま》に じょゆうとして しゅつえんして ください。
Xチャンネル
まあ、ほんと!? さっそく じょゆうの おしごとが きたわ。ゆめを かたって よかった。ねえ、アーサー《あーさー》、ひきうけて いいわよね。
もちろんさ。ゆめが かなうんだね、エルゼ《えるぜ》。ぼくは、これから かいぎで いっしょに いって あげられないけど、がんばってくるんだよ。

ゆめにまで みた、じょゆうの しごとです。
エルゼ《えるぜ》は おともを つれて、いそいそと
スタジオ《すたじお》へ やってきました。

「エルゼ《えるぜ》さま、こちらが
こいびとやくの……。」
ディレクター《でぃれくたー》が しょうかいする まもなく、

ええっ!!
あいてやくは ゾロリ《ぞろり》さんなの?
それなら おことわりよ。この ひとには、
なんども いやな めに あわされて
いるんだから。プンプン《ぷんぷん》。

エルゼ《えるぜ》が スタジオ《すたじお》を でていこうとすると、

「おやおや、けいやくいはんで　アーサー《あーさー》に
めいわくが　かかっても、いいのかな？」
ゾロリ《ぞろり》が、エルゼ《えるぜ》の　サイン《さいん》が
はいった　けいやくしょを
ちらつかせて　いいました。

……わかったわ、やります。
どんな　あいてでも、やくに
なりきって　つとめあげるのが
じょゆうの　おしごとよね。

エルゼ《えるぜ》は　きっぱり
いうと、ひかえしつへと
はいっていきました。

だいほん
まあ、はじめての　おしごとが
さいしゅうかいなの？　それも、あの
ゾロリ《ぞろり》と　ラブラブシーン《らぶらぶしーん》だなんて……。
ちゃんと　ないようを　きいてから、
ひきうけるんだったわ。

エルゼ《えるぜ》は、いそいで　いしょうに　きがえ、
メイク《めいく》を　してもらいながら、わたされたばかりの
だいほんを、おぼえなければ
なりませんでした。
すぐに、さつえいが　はじまる
からです。

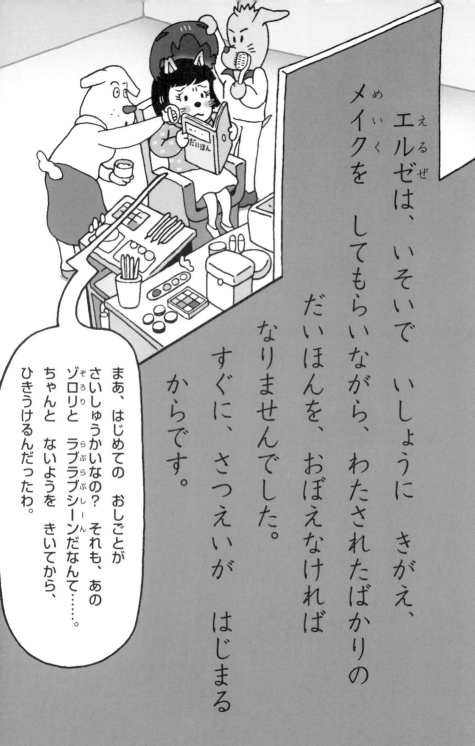

ふあんそうな　エルゼ《えるぜ》を　みて、おつきの　ものは、しごとの　ないようだけでも　アーサー《あーさー》に　おつたえして　おこうと、でんわを　かけました。

「それでは、さつえいを　はじめます。いますぐ、スタジオ《すたじお》に　おはいりくださーい。」

ディレクター《でぃれくたー》が、エルゼ《えるぜ》を　よびに　きました。

もしもし、かいぎちゅうは、でんわしちゃだめだって……。
えっ。
エルゼ《えるぜ》の　あいてやくが、あの　ゾロリ《ぞろり》だって!!

カッパ《かっぱ》・ドラマ《どらま》「おもいでばし」いままでの　あらすじ

おさななじみの　ヨン《よん》と　ジュウ《じゅう》は、とても　なかよし。
いつも　うつくしい　小川《おがわ》に　かかる、「おもいで　ばし」で　あそんでいた。
キャーキャー
わ〜い
しかし、おとなに　なった　ふたりは、いつしか　あう　ことも　なくなってしまうのであった。
ある　年《とし》の　こと。いなかに　かえった　ふたりは、「おもいで　ばし」の　上《うえ》で　うんめいの　さいかいを　して、おたがいに　たいせつな　ひとだと　きづく。
そして、いつか　この　「おもいでばし」の　上《うえ》で　けっこんしきを　あげようと、ちかいあう。
その　おもいを　こめて、ふたりで　つくった　ハート《はーと》の　ペンダント《ぺんだんと》を、ふたつに　わって、それぞれ　みにつけた。
ヨジ
ンュウ
しあわせな　日《ひ》びが　つづくと　おもわれた　ある　日《ひ》、ジュウ《じゅう》が　なにものかに　さらわれて　しまう。

というのも、じつは、ヨン《よん》が
この 国《くに》の スパイ《すぱい》として、
じゅうような ひみつを
にぎっている ことを しった
ある 国《くに》が、それを ききだす
ため、さいあいの ジュウ《じゅう》を
ひとじちに とったのだ。

たいせつな ひとを まきこんで
しまった ことを しった
ヨン《よん》は、てきの アジト《あじと》へ
のりこんでいった。

ヨン《よん》は、あらゆる きけんな
目《め》に あいながらも、やっとの
ことで ジュウ《じゅう》を すくいだし、
車《くるま》で だっしゅつする。

ところが、てきとの
カーチェイス《かーちぇいす》の すえ、
かべに げきとつして
しまい、大《だい》ばくはつ。

大《おお》けがを おった ジュウ《じゅう》を
たすけだし、きゅうきゅうしゃに
のせた ところで ヨン《よん》は
てきに つかまり、
つれさられたので
あった。

ジュウ《じゅう》の いのちは――。
ヨン《よん》の うんめいは――。
そして、ふたりは いつか
さいかいできるのであろうか――。

（ナレーション《なれーしょん》）

月日《つきひ》は ながれ、あれから 三年《さんねん》。

ヨン《よん》と ジュウ《じゅう》の ふるさとの 「おもいでばし」から、川《かわ》に とびこもうと する ひとが……。

あっ、きみ、いのちを そまつに する もんじゃないよ。

とめないで！ わたしは、もう あきらめたの。

三年《さんねん》まえの 大《だい》じこで いのちは とりとめた ものの、かおの けがが ひどくて、もとの かおには もどせなかったの。これじゃ、けっこんを やくそくした ヨン《よん》と であえても、わたしだって わかって もらえる わけが ないわ。

おもいで
えっ。

き、きみは ジュウ《じゅう》なのかい？ ぼくは ヨン《よん》だよ。あのとき、てきの スパイ《すぱい》に つれさられ、いのちからがら にげだして びょういんへ かけつけると、きみは ゆくさきも つげず、たいいんした あとだった。やくそくを かわした この はしに くれば であえるかも しれないと、きみの だいすきだった バラ《ばら》の 花《はな》を もって きてみたんだ。

わたしも おなじ きもちで 三年《さんねん》かん、ここで まちつづけて きたのよ。でも、わたしが まっている ヨン《よん》は、あなたじゃ ない。だって、かおが ちがうもの。

つめたく しないで。ぼくの はなしも きいてくれ。

きみを　まきこんだ
スパイ《すぱい》の　しごとは、
あの　とき、きっぱり
やめた。しかし、てきに
かおを　おぼえられた
ぼくは、ずっと　いのちを
ねらわれつづけて
きた。このままでは
きみに　あえても、
また　きけんな　目《め》に
あわせてしまうかも
しれない。そこで、
ぼくは　せいけいいして、
まったく　ちがう
かおに　うまれ
かわったんだよ。
まあ、じゃ、
あなたは
ほんとうに
ヨン《よん》なのね。

ふたりとも
かおは　かわっても、
きもちは　すこしも
かわらないだろ。
ええ。そして
わたしたちは、その
あいの　あかしを、
たいせつに　まもって
きたはずよ。

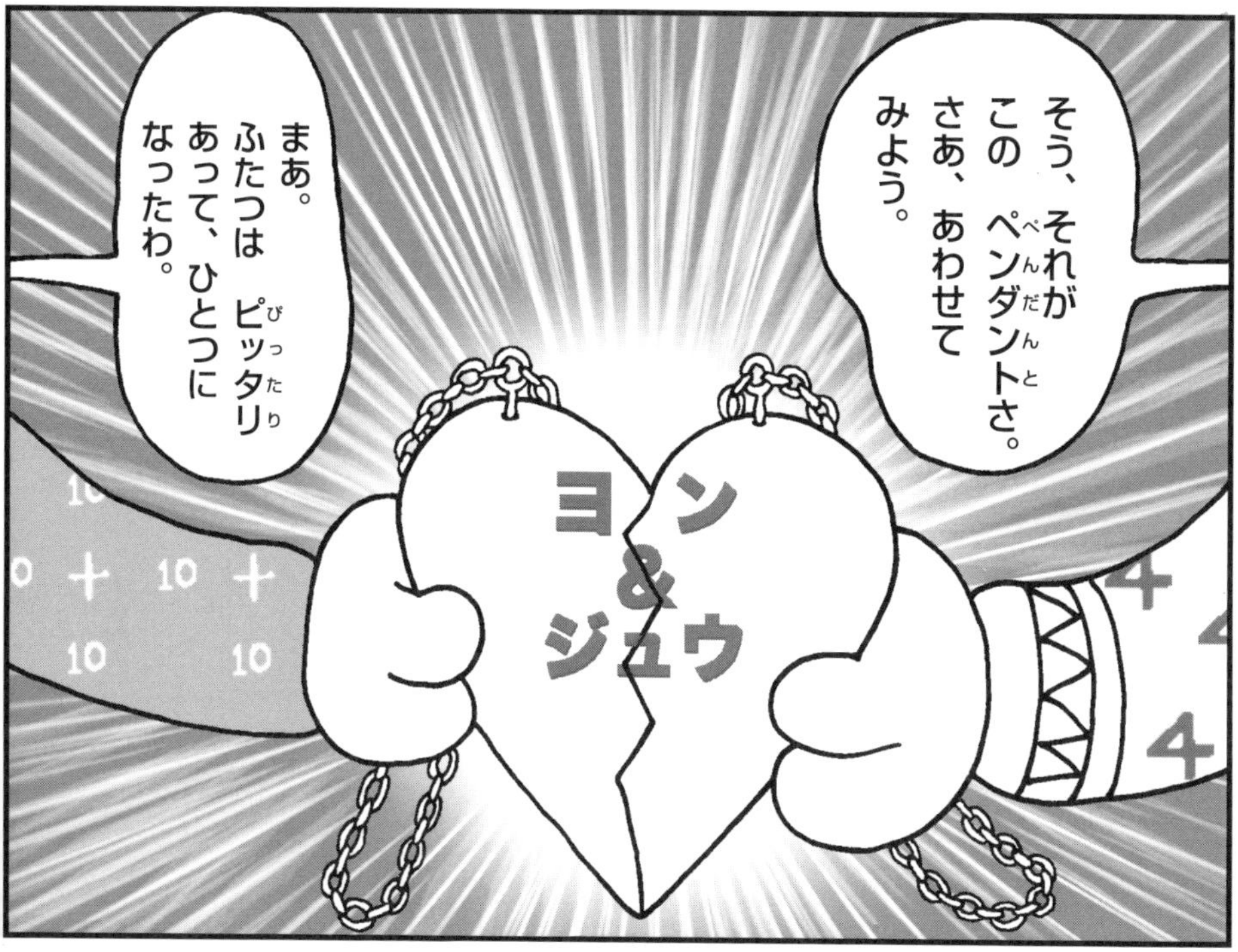
そう、それが この ペンダント《ぺんだんと》さ。さあ、あわせて みよう。
まあ。ふたつは ピッタリ《ぴったり》 あって、ひとつに なったわ。
ヨン & ジュウ

よく みると、きみの くろい ひとみは かわらないし、あまい 声《こえ》だって、むかしの ままだ。これから ふたりで あたらしい おもいでを ひとつ ひとつ、つくっていこうね。
ありがとう。うれしいわ。あなたの かおも よく みると、キリッ《きりっ》と すっきりした はなだし、にがみ ばしった いい 男《おとこ》ね。すてきだわ。

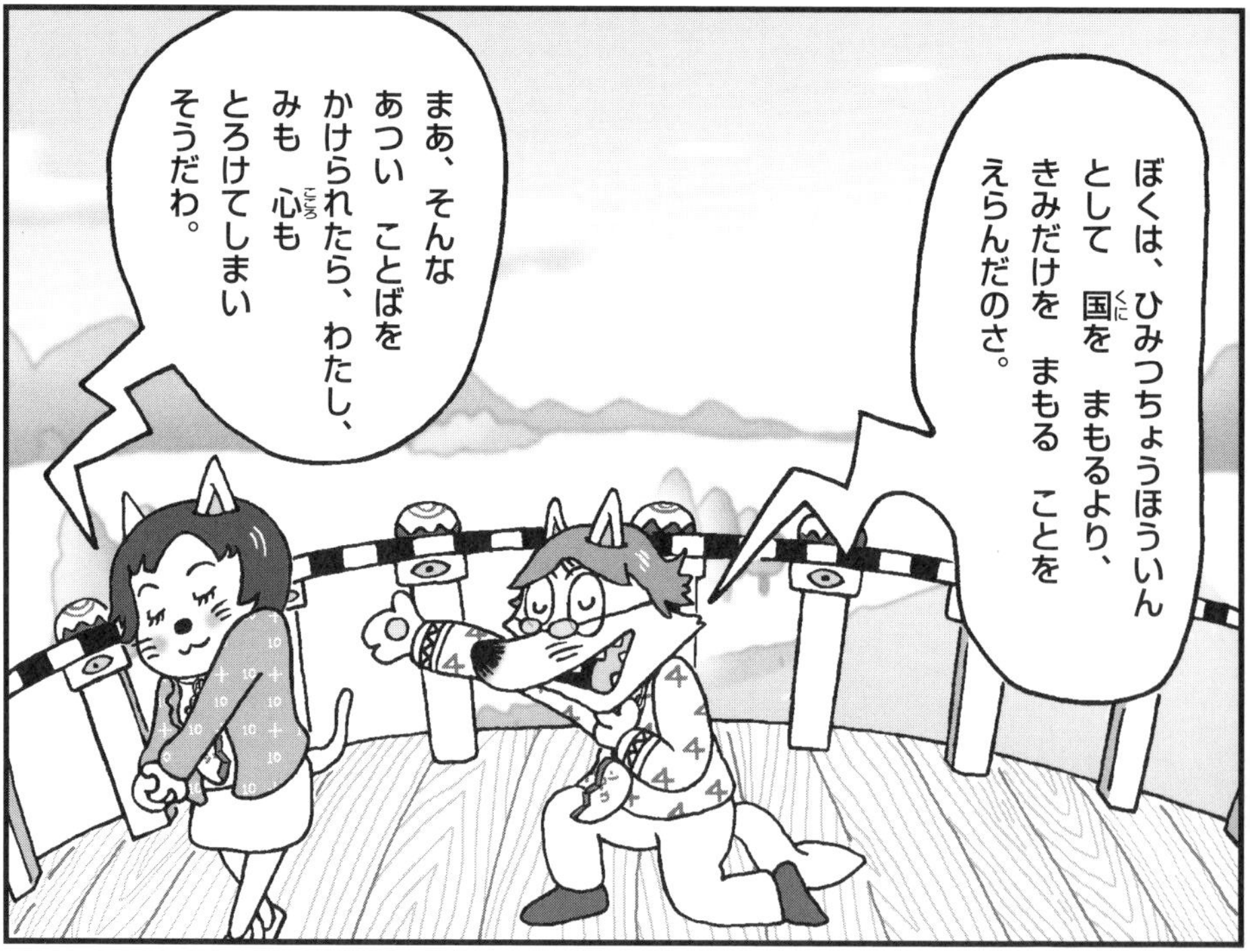
ぼくは、ひみつちょうほういんとして　国《くに》を　まもるより、きみだけを　まもる　ことを　えらんだのさ。
まあ、そんな　あつい　ことばを　かけられたら、わたし、みも　心《こころ》も　とろけてしまい　そうだわ。

いっしょに、あたたかい　かていを　つくろうね。
ええ。あなたの　ために、おいしい　手《て》りょうりを　心《こころ》を　こめて　つくるわ。
ふたりは、手《て》に　手《て》を　とり、えいえんの　あいを　ちかいあうのでした。
おわり

「カーット《かーっと》。すばらしい!! しゅやくの ふたりが かわると きいた ときは、どうなる ことかと ひやひや しましたが、なるほど、さきの よめない ドラマ《どらま》とは、こういう ことなんですね。べんきょうに なりましたよ、ゾロリ《ぞろり》さん。」

ディレクター《でぃれくたー》は、こんやの ドラマ《どらま》に あなを あけずに すんで、ひとあんしんです。

ところが――

まーった。わしは、そんな
もんじゃ、まんぞくせんぞ。
とりなおしだ、とりなおし。

なんと　いう　ことでしょう。
ここにまで、口《くち》うるさい
クレーマー《くれーまー》が　おしかけて
きたのでしょうか？

いいえ、この　ばんぐみの
スポンサー《すぽんさー》、ブルル《ぶるる》社長《しゃちょう》でした。
「そうか、この　ドラマ《どらま》の　うちきりを
きめたのは、あんただったのか。」
ゾロリ《ぞろり》が　おどろくと、

「そのとおり。こんなに　しちょうりつが
ひくくては、だれも　わが社《しゃ》の　CM《シーエム》を
みておらんじゃろう。さいごの　一本《いっぽん》くらいは、
ドラマ《どらま》の　なかにも、うちの　せいひんの　せんでんを
たっぷり　もりこんでもらわんと、つぎこんだ

金《かね》の もとが とれんよ。
さあ、ゾロリ《ぞろり》くん、
ブルル食品《ぶるるしょくひん》のために、
だいほんを かきなおして
もらおうかね。
ブルルー
ふりかけ
ブルル
パスタ
おとくよう
ブルル
チップス

「うーん、なんとか してみましょう。」

いがいな ことに、ゾロリ《ぞろり》は すんなりと ブルル《ぶるる》の もうしでを うけました。それは、もういちど エルゼ《えるぜ》と ラブラブシーン《らぶらぶしーん》が できると かんがえたからなのです。

さあ、また、一《いち》から ドラマ《どらま》の とりなおしです。

あっ、きみ、ブルル《ぶるる》食品《しょくひん》の おいしい たべものと いのちは、そまつに する もんじゃないよ。

ブルル《ぶるる》さきいかは、たべだしたら とまらないけど、わたしの ことは とめないで。もう あきらめたの。

三年《さんねん》まえの 大《だい》じこで いのちは とりとめた ものの、かおの けがが ひどくて、もとの かおには もどせ なかったの。これじゃ、けっこんを やくそくした ヨン《よん》と であえても、わたしだって わかって もらえる わけが ないわ。

おもいで
えっ。

き、きみは ジュウ《じゅう》なのかい？ ぼくは ヨン《よん》だよ。あのとき、てきの スパイ《すぱい》に つれさられ、いのちからがら にげだして びょういんへ かけつけると、きみは ゆくさきも つげず、たいいんした あとだった。やくそくを かわした この はしに くれば であえるかも しれないと、きみの だいすき だった マーブルチョコ《まーぶるちょこ》を もってきてみたんだ。

わたしも おなじ きもちで 三年《さんねん》かん、ここで まちつづけて きたのよ。でも、わたしが まっている ヨン《よん》は、あなたじゃ ない。だって、かおが ちがうもの。

ブルルアイス《ぶるるあいす》の ように つめたく しないで。ぼくの はなしも きいてくれ。

きみを　まきこんだ　スパイ《すぱい》の　しごとは、あの　とき、きっぱり　やめた。しかし、てきに　かおを　おぼえられた　ぼくは、ずっと　いのちを　ねらわれつづけてきた。このままでは　きみに　あえても、また　きけんな　目《め》に　あわせてしまうかもしれない。そこで、ぼくは　せいけいして、さらに　おいしくなった　ブルルカレー《ぶるるかれー》のように、あたらしく　うまれかわったんだよ。
まあ、じゃ、あなたは　ほんとうに　ヨン《よん》なのね。
ふたりとも　かおは　かわっても、まもりつづけた　でんとうの　あじ　ブルル《ぶるる》せんべいのように、きもちは　すこしも　かわらないだろ。
ええ、そして　わたしたちは、その　あいの　あかしを、ブルル《ぶるる》食品《しょくひん》が　おいしさを　たもつように　たいせつに　まもって　きたはずよ。

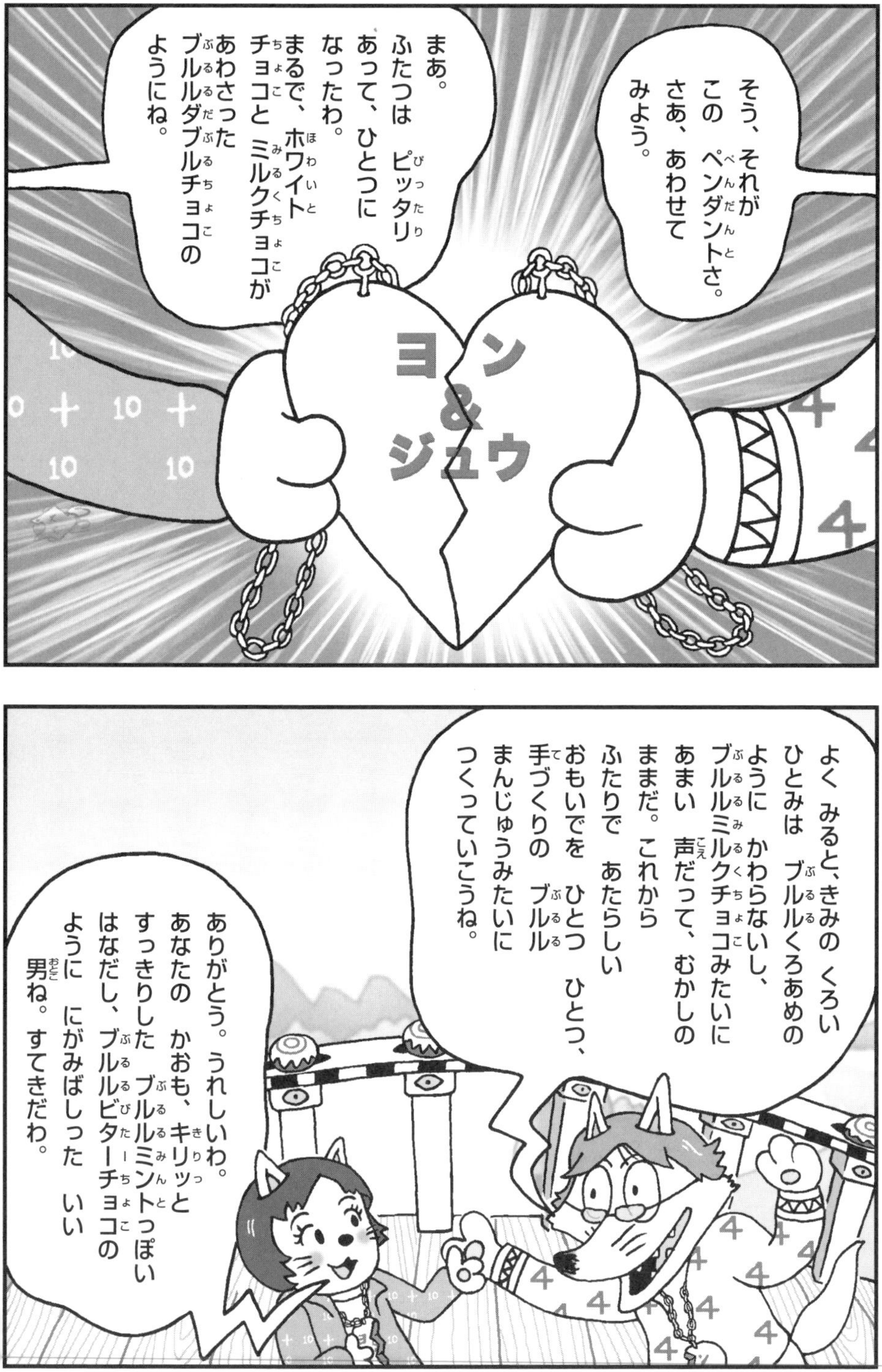
そう、それが　この　ペンダント《ぺんだんと》さ。さあ、あわせて　みよう。
まあ。ふたつは　ピッタリ《ぴったり》あって、ひとつに　なったわ。まるで、ホワイト《ほわいと》チョコ《ちょこ》と　ミルクチョコ《みるくちょこ》が　あわさった　ブルルダブルチョコ《ぶるるだぶるちょこ》の　ようにね。
ヨン
＆
ジュウ
よく　みると、きみの　くろい　ひとみは　ブルル《ぶるる》くろあめの　ように　かわらないし、ブルルミルクチョコ《ぶるるみるくちょこ》みたいに　あまい　声《こえ》だって、むかしの　ままだ。これから　ふたりで　あたらしい　おもいでを　ひとつ　ひとつ、手《て》づくりの　ブルル《ぶるる》　まんじゅうみたいに　つくっていこうね。
ありがとう。うれしいわ。あなたの　かおも、キリッ《きりっ》と　すっきりした　ブルルミント《ぶるるみんと》っぽい　はなだし、ブルルビターチョコ《ぶるるびたーちょこ》の　ように　にがみばしった　いい　男《おとこ》ね。すてきだわ。

ぼくは、ひみつちょうほういんとして国《くに》を　まもるより、ブルル《ぶるる》食品《しょくひん》が　えいせいだいいちをかんがえ、しょうひしゃをまもるように、きみを　いっしょうまもりぬく　ことを　えらんだのさ。

まあ、そんなあつい　ことばをかけられたら、わたしブルルプリン《ぶるるぷりん》を口《くち》に　いれた　ときのように、とろけてしまいそうだわ。

ブルル《ぶるる》おでんのように、あたたかい　かていをつくろうね。

ええ。あなたのために、おいしくてすぐに　できる、ブルルパスタ《ぶるるぱすた》おとくようを心《こころ》を　こめてつくるわ。

ふたりは　ぐっとだきあって、えいえんのあいを　ちかいあうのでした。

はしの 上《うえ》に ばらまいた マーブルル《まーぶるる》チョコ《ちょこ》は、あとで スタッフ《すたっふ》が ひろいあつめ、いただきました。めっちゃ おいしかったです。

おわり

「どうです、これなら　もんくは　ないでしょう。」

ゾロリ《ぞろり》が　ブルル《ぶるる》を　みると、

「うーん、まだまだ。これは　テレビ《てれび》なんじゃぞ。セリフ《せりふ》だけじゃなく、もっと　みためでも、わが社《しゃ》のせいひんを　アピール《あぴーる》できんものかね。ゾロリ《ぞろり》くんよ。」

「しっかたないなぁー。それなら、セット《せっと》に　くふうを　こらして、

もういちど ラブラブシーン《らぶらぶしーん》を
とりなおすしか ないなあー。」
ゾロリ《ぞろり》は こまってみせましたが、
目《め》の おくは わらっています。
すると、
「む、むりです、ゾロリ《ぞろり》さん。
いまから セット《せっと》を なおしていると、
ほうそうじかんが きてしまいます。」
ディレクター《でぃれくたー》は いまにも なきだしそうです。

だったら、なまほうそう　するしか
手《て》は　ないな。ぎりぎりまで
セット《せっと》を　なおして、ぶっつけ
ほんばんだ。さあ、しっぱいは
ゆるされない。ぜんいん　気《き》を
ひきしめていこうぜ!!

ゾロリ《ぞろり》の　いきおいに
おされ、スタジオ《すたじお》に　いる　ぜんいんが、
テキパキ《てきぱき》と　セット《せっと》を　なおしはじめました。
エルゼ《えるぜ》は　もういちど　セリフ《せりふ》の　おさらいを
しておこうと、だいほんを
よみかえしてみました。

すると、どうでしょう。さいごの
ばめんが、いつのまにか キスシーン《きすしーん》に
かきかえられているのです。
おどろいた エルゼ《えるぜ》が、
だいほんを もとに もどして
もらおうとした ときです。
「はい、セット《せっと》が かんせいしました。
すぐに はじめます。よーい、スタート《すたーと》。」
カメラ《かめら》が まわりはじめて しまいました。

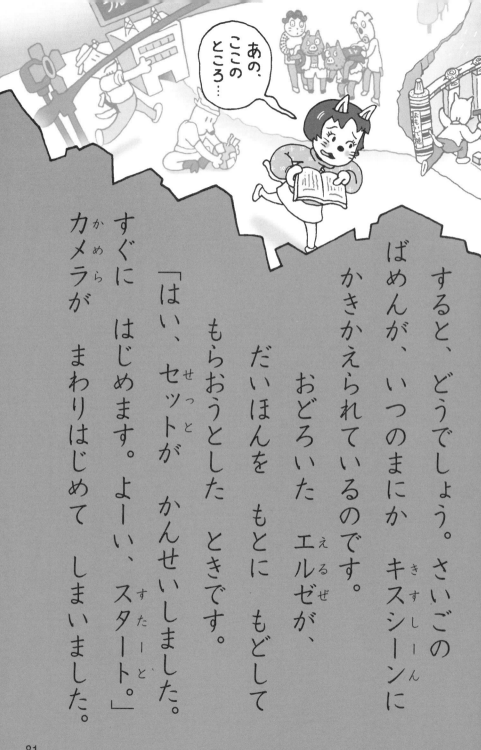

あっ、きみ、ブルル《ぶるる》食品《しょくひん》の　おいしいたべものと　いのちは、そまつに　するもんじゃないよ。

ブルル《ぶるる》さきいかは、たべだしたらとまらないけど、わたしの　ことはとめないで。もうあきらめたの。

三年《さんねん》まえの　大《だい》じこでいのちは　とりとめた ものの、かおの　けがが　ひどくて、もとの　かおには　もどせなかったの。これじゃ、けっこんを　やくそくしたヨン《よん》と　であえても、わたしだって　わかってもらえる わけが ないわ。

ブルルチョコ
おもいで
えっ。

き、きみはジュウ《じゅう》なのかい？　ぼくはヨン《よん》だよ。あのとき、てきのスパイ《すぱい》に　つれさられ、いのちからがら　にげだしてびょういんへ　かけつけると、きみは　ゆくさきも　つげず、たいいんした　あとだった。やくそくを　かわした　このはしに　くれば　であえるかもしれないと、きみの　だいすきだった　マーブルルチョコ《まーぶるるちょこ》をもってきてみたんだ。

わたしも　おなじきもちで　三年《さんねん》かん、ここで　まちつづけてきたのよ。でも、わたしが　まっているヨン《よん》は、あなたじゃ　ない。だって、かおが　ちがうもの。

ブルルアイス《ぶるるあいす》のようにつめたく しないで。ぼくの　はなしもきいてくれ。

マーブルルチョコ《まーぶるるちょこ》
150円《えん》

きみを
まきこんだ　スパイ《すぱい》の
しごとは、あの　とき、きっぱり
やめた。しかし、
てきに　かおを　おぼえ
られた　ぼくは、ずっと　いのちを
ねらわれつづけて
きた。このままでは
きみに　あえても、
また　きけんな　目《め》に
あわせてしまうかも
しれない。そこで、
ぼくは　せいけいして、
さらに　おいしくなった
ブルルカレー《ぶるるかれー》のように、
あたらしく　うまれ
かわったんだよ。
わーい
おいしい
かま
ブルル
ぼこ
ブルルチョコ
まあ、じゃ、
あなたは
ほんとうに
ヨン《よん》なのね。

ふたりとも
かおは　かわっても、
まもりつづけた
でんとうの　あじ
ブルル《ぶるる》せんべいのように、
きもちは　すこしも
かわらないだろ。
せかいに
はばたく
ブルルしょくひん
ええ、そして
わたしたちは、その
あいの　あかしを、
ブルル食品《ぶるるしょくひん》が
おいしさを　たもつように
たいせつに　まもって
きたはずよ。
ブルルチョコ

そう、それが この ペンダント《ぺんだんと》さ。 さあ、あわせて みよう。
まあ。 ふたつは ピッタリ《ぴったり》 あって、ひとつに なったわ。 まるで、ホワイト《ほわいと》 チョコ《ちょこ》と ミルクチョコ《みるくちょこ》が あわさった ブルルダブルチョコ《ぶるるだぶるちょこ》の ようにね。
ヨン
&
ジュウ
ブルル
しょくひん
ブルルしょくひん
よく みると、きみの くろい ひとみは ブルル《ぶるる》くろあめの ように かわらないし、 ブルルミルクチョコ《ぶるるみるくちょこ》みたいに あまい 声《こえ》だって、むかしの ままだ。これから ふたりで あたらしい おもいでを ひとつ ひとつ、 手《て》づくりの ブルル《ぶるる》 まんじゅうみたいに つくっていこうね。
ありがとう。うれしいわ。 あなたの かおも、キリッ《きりっ》と すっきりした ブルルミント《ぶるるみんと》っぽい はなだし、ブルルビターチョコ《ぶるるびたーちょこ》の ように にがみばしった いい 男《おとこ》ね。すてきだわ。
ブルル
ブルルチョコ

ぼくは、ひみつちょうほういんとして
国《くに》を　まもるより、ブルル《ぶるる》
食品《しょくひん》が　えいせいだいいちを
かんがえ、しょうひしゃを
まもるように、きみを　いっしょう
まもりぬく　ことを　えらんだのさ。
おかしと
いえば
ブルル
しょくひん
まあ、そんな
あつい　ことばを
かけられたら、わたし
ブルルプリン《ぶるるぷりん》を
口《くち》に　いれた　ときの
ように、とろけて
しまいそうだわ。
ふたりは、
あつい　あつい
チュウ《ちゅう》を　して、
えいえんの
あいを　ちかい
あうのでし……
まん〜
ブルル《ぶるる》おでんのように、
あたたかい　かていを
つくろうね。
はっ、
あれは。
はしの 上《うえ》に ばらま
チョコ《ちょこ》は、あとで スタ《すた》
あつめ、
いただきました。めっちゃ おいしかったです。
おわり

とつぜん とびこんで
きた アーサー《あーさー》が
ゾロリ《ぞろり》を つきとばし、
エルゼ《えるぜ》との キス《きす》を
はばんだ ところで、
ドラマ《どらま》は プッツリ《ぷっつり》
おわってしまいました。

スタジオ《すたじお》じゅうが　大《おお》さわぎの
なか、ゾロリ《ぞろり》たちは　さっさと
テレビ局《てれびきょく》を　にげだして
いきました。

おれさま、しーらないっと。イシシ《いしし》　ノシシ《のしし》、ずらかるぜ!!
はいだ〜
ほいだ〜

それから　一《いっ》か月《げつ》ご、ゾロリ《ぞろり》たちは
テレビ局《てれびきょく》の　ひとに　みつからないよう、みを
かくしながら　たびを　つづけていました。

なんせ、いくつもの
テレビ《てれび》ばんぐみを
ほうりだして　にげてきたのです。
つかまれば、すごい　きんがくの　そんがい
ばいしょうを　せいきゅうされたうえ、
けいさつに　つきだされるに　きまっています。
と、そのとき、　とおくから

テレビ《てれび》局《きょく》の　車《くるま》が、
こちらに　むかって
もうスピード《すぴーど》で　はしって
くるのが　みえました。

はやく つかまえて
ちっ！　みつかったか。イシシ《いしし》　ノシシ《のしし》、あの ほそい　ろじに　にげこむんだ。車《くるま》は、ぜったい　はいって こられないからな。

三《さん》にんが　あわてて
とびこむと、

そこは、ひと　ひとりが　やっと
とおれるほどの　せまさだったのです。
われさきに　とびこんだ　三《さん》にんは、ごらんの
とおり、かべに　はさまれ、みうごきが
とれなくなって　しまいました。

「ずいぶんと
さがしまわり
ましたよ、ゾロリ《ぞろり》さん。」
そう いうと、ネコジマ《ねこじま》
ディレクター《でぃれくたー》は、テレビ局《てれびきょく》の スタッフ《すたっふ》
四《よ》にんと ちからを
あわせ、ろじから
ゾロリ《ぞろり》たち 三《さん》にんを
ひっぱりだしました。

うんしょ
こらしょ
どっこいしょ
う〜ん
わ〜っ
スポン
ドテッ

かんねんして、
じめんに　すわりこんだ
ゾロリ《ぞろり》たちに、
ディレクター《でぃれくたー》は
いいました。

「あの『クレーマー《くれーまー》
クレーマー《くれーまー》』の　ゆうしょうしゃ
ですがね、えんま大王《だいおう》から　すんなり

しょう金《きん》を　うけとると、とんでもない
ばんぐみを　つくりあげてくれましたよ。」

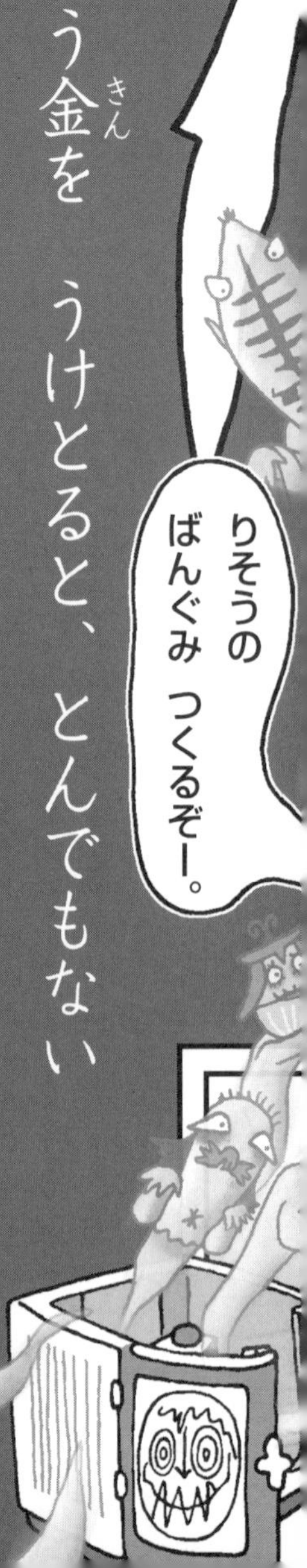

「ひえーっ。ほ、ほんとうか？」
ディレクター《でぃれくたー》は　きっと、えんま大王《だいおう》より
おそろしい　かおを　して　おこっているに
ちがいありません。
ゾロリ《ぞろり》が　おそるおそる　かおを　あげると、

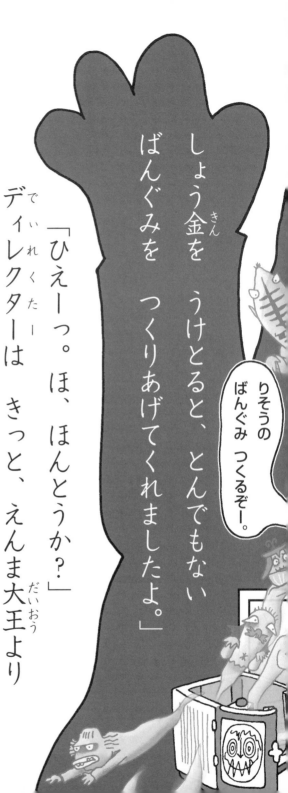

「どうも　ありがとう
ございました。」
ディレクター《でぃれくたー》は、
えがおで　ゾロリ《ぞろり》の
手《て》を　にぎりしめて
きたのです。
「その　クレーマー《くれーまー》が
つくった　ばんぐみは
あまりに　ひどかったので、

かえって　うわさが
ひろがりましてね。
こわい　もの　みたさで、
しちょうりつは　うなぎのぼり。
さらに　ですよ――、

じぶんなら、もっと　ましな　ばんぐみが
つくれると、さんか　きぼうしゃが　さっとう。
さらなる　クレーマー《くれーまー》が　ゆうしょうしては、
つぎつぎと　ひどい　ばんぐみを　つくって、
しちょうりつを　あげてくれたのです。わたしたちは、
なにも　せずに　ばんぐみが　できあがるし、しかも
うれしい　ことに、
その　クレーム《くれーむ》が
わたしたちに

ではなく、ばんぐみを
つくった　クレーマー《くれーまー》に
むけられるのですよ、ゾロリ《ぞろり》さん。」
「へ？　で、でも、さすがに　アーサー《あーさー》が
とびこんできて　だいなしに　した、
カッパ《かっぱ》・ドラマ《どらま》『おもいでばし』の
あとしまつは、たいへんだったろ？」
ゾロリ《ぞろり》は、えがおの　ディレクター《でぃれくたー》に、
びくびく　しながら　たずねました。

ひえーっ。
さいあくの
ほうそうじこだあー。
ど、どうしよう。

①しかたなく、ヨン《よん》を　けっこん
さぎしに　かえて、もう　一本《いっぽん》
ドラマ《どらま》を　つくりあげました。

はっ!
こんさぎし
めいてはい

「いいえ、とんでもない。エルゼ《えるぜ》女王《じょおう》の　ほんものの
だんなさま、アーサー《あーさー》王《おう》が　とびこんできた
ことで、いままで　つくりものだと　おもっていた
ドラマ《どらま》が、とつぜん　リアル《りある》に　なって
しまったのです。ほうそうご、つづきが　みたいと
いう　でんわが、なりやみませんでした。

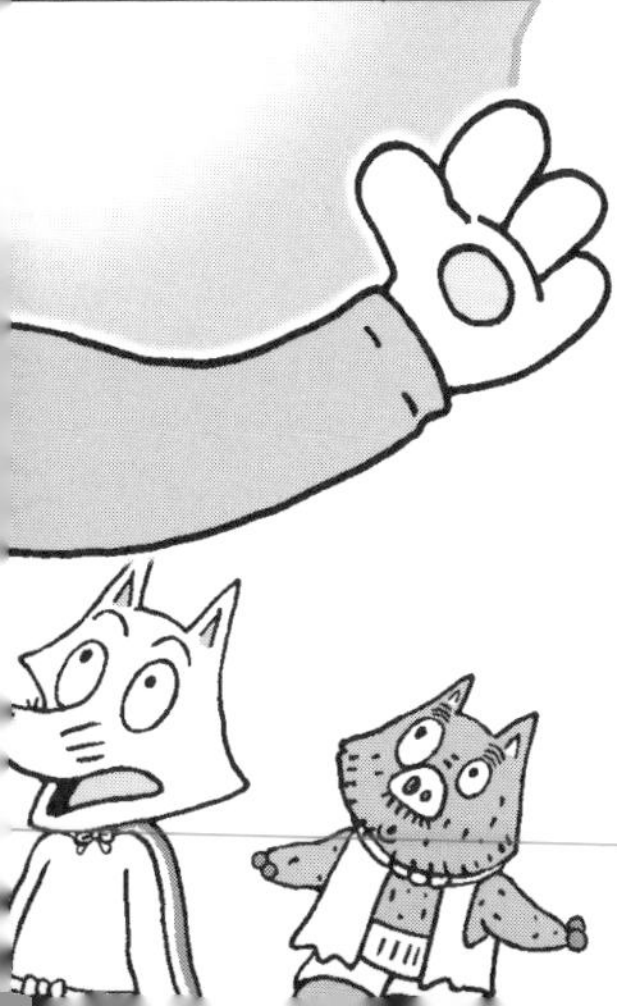

これが、なんと　大《だい》ヒット《ひっと》。わが　局《きょく》は、
この　チャンス《ちゃんす》を　のがす　わけには　いきません。
そこで、ゾロリ《ぞろり》さん――、

まて～
②
ヨン《よん》に　だまされ
そうになる　ジュウ《じゅう》を
たすける、アーサー《あーさー》。
③
そして、そこから
アーサー《あーさー》、エルゼ《えるぜ》の　あいの
ものがたりが　はじまるのです。

アーサー《あーさー》、エルゼ《えるぜ》ごふさいに　おききした
『ドラゴン《どらごん》たいじ』『ゆうれいせん』『きょうふの
ゆうえんち』と　いう　あいの　三《さん》ぶさくを、
ゾロリ《ぞろり》さんの　手《て》で　さいげんドラマ《どらま》に　して
いただきたいのです。どうか、ぜひ　おねがいします。」
テレビ局《てれびきょく》の　ひとたちは、せいれつして
ゾロリ《ぞろり》に　ふかぶかと
あたまを
さげました。

さすが ゾロリ《ぞろり》せんせだ。ぜんぶ けいさん されてただね。
い、いや、それは その、ちょ、ちょっと。
やっぱり ゾロリ《ぞろり》せんせは、しちょうりつの 王者《おうじゃ》だね。

それから 二《に》じかんご、ゾロリ《ぞろり》たちは、いつも どおりの たびに もどって いました。

ゾロリ《ぞろり》せんせ、どうして テレビ局《てれびきょく》の しごとを ことわっちまっただ。あの ドラマ《どらま》を つくれば、大《だい》ヒット《ひっと》 まちがいなしだよ。すごうで プロデューサー《ぷろでゅーさー》として、おしろを たてられる くらいの ギャラ《ぎゃら》を もらえたかも しれないだよ。
ぶあっかもーん。おれさまが、どうして アーサー《あーさー》、エルゼ《えるぜ》の しあわせ ドラマ《どらま》を つくりつづけにゃ ならんのだ。かなしすぎるぜ。
ドラマ《どらま》か されたら、おら、ノシシ《のしし》やくで しゅつえんできた だのになあ。

おわび

・この本《ほん》は「かいけつゾロリ」と タイトルを つけながら、いちども かいけつゾロリに へんしんさせていないことに きがつきました。そこで、このラストシーンで へんしんさせておきますので くれぐれも クレームを つけないよう おねがいいたします。

原《はら》ゆたか

それに、あの 三つの エピソード《えぴそーど》を えがくと、おれさまたちの あくじが ぜーんぶ ばれちまうじゃないか。
ひとの ドラマ《どらま》なんて、つくってる ばあいじゃないぜ。おれさまは、この さきに まっている、じぶんを ハッピー《はっぴー》に する ドラマ《どらま》に むかって たびする だけだぜ。
おら、いっしょうけんめい ほしい でんきせいひんの リスト《りすと》 つくってみただのに、とうぶん、おしろは 手《て》に はいらないだよね。きっと しんせいひんは つぎつぎに でてくるだから、また チェック《ちぇっく》の しなおしに なりそうだな。

●著者紹介
原ゆたか（はらゆたか）
一九五三年、熊本県に生まれる。七四年KFSコンテスト・講談社児童図書部門賞受賞。主な作品に、「ちいさなもり」「プカプカチョコレー島」シリーズ、「よわむしおばけ」シリーズ、「ほうれんそうマン」シリーズ、「かいけつゾロリ」シリーズ、「サンタクロース一年生」「イシシとノシシのスッポコペッポコへんてこ話」シリーズ、「ザックのふしぎたいけんノート」シリーズなどがある。

かいけつゾロリホームページ
www.zorori.com

かいけつゾロリシリーズ㊾
かいけつゾロリのはちゃめちゃ テレビ局
二〇一一年 七月 第1刷

著者 原ゆたか
協力 原 京子
発行者 坂井宏先
編集 浪崎裕代
発行所 株式会社 **ポプラ社**
東京都新宿区大京町22－1 〒一六〇-八五六五
TEL ○三－三三五七－二二一六（編集）
○三－三三五七－二二一二（営業）
○一二〇－六六六－五五三（お客様相談室）
FAX ○三－三三五九－二三五九（ご注文）
振替 ○○一四〇－三－一四九二七一
印刷・製本 凸版印刷株式会社

このお話の主人公かいけつゾロリは「ほうれんそうマン」シリーズの著者みづしま志穂氏の御諒解のもとにおなじキャラクターで新たに原ゆたか氏が創作したものです。

落丁本・乱丁本は送料小社負担でお取りかえいたします。
ご面倒でも小社お客様相談室宛ご連絡下さい。
受付時間は月～金曜日、9:00～17:00（ただし祝祭日は除く）
みなさんのおたよりをお待ちしております。おたよりは編集局から著者へおわたしいたします。
ISBN978-4-591-12507-6
インターネットホームページ http://www.poplar.co.jp

913 原ゆたか
かいけつゾロリの
はちゃめちゃ テレビ局
ポプラ社 2011
103p 22cm
かいけつゾロリシリーズ㊾

ばんぐみガイド《がいど》　きょう

馬相棒（うまあいぼう）マルチャンネル《まるちゃんねる》

4:00〜5:00　ふたりの ウマ《うま》の けいじが やすくて おいしい おかしを ぜんこくに さがしに いく。

サンマ《さんま》でマンマ《まんま》　マルチャンネル《まるちゃんねる》

5:00〜6:00　ワンマ《わんま》ちゃんが まいかい サンマ《さんま》で ごはんを なんばい たべられるかに ちょうせん。

わたるせけんはカニ《かに》ばかり　マルチャンネル《まるちゃんねる》

8:00〜9:00　しゅうだんはっせいした ワタリガニ《わたりがに》を ふまずに でまえを とどける ことが できるのか……

アニメ《あにめ》「ツーピース《つーぴーす》」マルチャンネル《まるちゃんねる》

7:00〜8:00　でんせつの ツーピース《つーぴーす》を 手《て》に いれた さんぞく ウルフィー《うるふぃー》が 女《じょ》そうすると……

こんしゅうの クレーマークレーマー《くれーまーくれーまー》 ゆうしょうしゃ さくひん

「大《だい》かいじゅう あらわる」

とかいに かいじゅうが あらわれ 大《おお》あばれしていると いうのに、ヒーロー《ひーろー》たちが どうやって やっつけるか、だれが いくのか、せきにんを おしつけあい、いっこうに やっつけに いかない イライラドキドキ《いらいらどきどき》の ものがたり。